포레스트 웨일 공동 작가

바다에서
편지를 쓰다

노호영 | 꿈꾸는 쟁이 | 이상협 | 신디 | 정예은 | 김채림(수풀) | 김두필
김성범 | 최윤호 | 악당마녀 | 은산은 | 김채영 | 검정양말 | 해류 | 손아정
이응이응미음 | 김혜연 | 희열 | 미소 | 사랑의 빛 | 정현우 | 노기연
최현정 | 수아 | 윤현정 | 김유진 | 김유리 | 박수민(Mellamo)
이아진 | 지또 | 한라노 | 오지윤

FOREST
WHALE

차례

바
다

드넓은 바다

약한 바람에도 흔들리고,
별거 아닌 것에도 헤매고,
작은 돌부리에도 잘 넘어지는 내가 아닌

거침없이 휘몰아치는 거센 파도가 밀려오든
넘실대는 잔잔한 파도가 밀려오든
비를 동반한 거센 비바람이 불어오든
가벼운 바람이 불어오든
상관없이 한결같은 드넓은 바다 같은
나였으면 좋으련만

현실 속의 나는
나이가 들고, 세월이 가면 갈수록

바닷가 모래밭에 있는 모래 알갱이 같아

밀려오고, 밀려가는 파도가 쉴 새 없이
왔다 갔다 하고 폭풍 같은 바람이 아무리 불어도
변함없는 드넓고, 넓은 바다 같으면 좋으련만

자유롭지 못한 몸으로 살다 보니 수많은 사람들에게
온갖 수모와 셀 수 없을 만큼의 깊은 상처만 받다 보
니 내 마음은 어느덧 모래 알갱이가 돼 버렸지.

거침없이 몰아치는 파도처럼
사람이 무서워졌다.

살면서 흘린 눈물만으로도
드넓은 바다를 가득 채우고도 넘치는데,
작은 바람에도 쉽게 흩어지는 모래 알갱이처럼
마음속 상처들을 지울 수 있으면 좋으련만

바다에서 편지를 쓰다

오랫동안 곪고 곪은 상처들을 지우지 못해
드넓은 바다를 바라보며 눈물을 흘린다.

겨울 바다가 좋다

나는 여름이라는 계절을 좋아하지만,

바다는 뜨거운 태양이 내리쬐고, 땅의 열기가 식지 않는 여름 바다보다는 겨울 바다가 더 좋다.

외롭고, 답답하고, 공허하고, 내 마음 하나 둘 곳 없는 외톨이 같은 삶을 살아가는 나와 닮은 듯하여 깊고 어두운 겨울 바다가 슬프게 느껴질 때도 있지만, 그래도 어지러운 마음속을 잠시나마 차분하게 해 주는 것 같아서 겨울 바다가 좋다.

꽁꽁 얼어붙고 싶은 마음을 아는 듯한 겨울 바다의 차디찬 바닷바람도 꽉 막힌 속을 뻥 뚫어주는 듯한 시원시원하게 출렁이는 파도가 내 모습 같았으면 어땠을까 하는 마음으로 새벽보다 조용한 겨울 바다를 바라보며 사색에 잠긴다.

인연의 바다

미련의 낚싯대에 기억의 미끼를 걸어
추억의 바다에 던지면 너와 사랑의 대어를 낚을 수
있을까?
던지지 못하는 낚싯대는 대어를 낚기보단 아픔이란
풀뿌리가 걸리지 않을까 하는 걱정에서 오는 걸까
차라리 돌부리에 걸려 풀뿌리마저 건져 올리지 못하면
우린 다시 만날 수 있을 새로운 인연이 되는 걸까

그대 바다

당신의 바다 위에 내 돛단배를 띄워주오

삿대로 밀어 당신의 바다로 가오

잔잔한 그대 숨결 위에 내 돛단배

희망의 그대에게 가리오

찰랑이는 초록 위에 철썩이는 물결 질로 그대를 깨우

리라

그대의 숨결이 불면 돛대를 올려 숨결 타고 가오

그대는 가슴 열어 영혼의 항구를 열어주시오

향긋한 숨결 타고 미련 없이 내 돛단배 몰아

그대 보러 가리다.

바다를 사랑한 소녀

햇살이 물결 위로
금빛을 뿌릴 때마다
소녀는 그 빛을 쫓아
바다로부터 끝없는 이야기를 듣는다

맑은 날
해가 쨍쨍 내리쬐는 날에도
비가 내려
거센 파도가 치는 날에도
소녀는 바다를 만나
깊고 푸른 물속에 소녀의 비밀을 담는다

파도에 부서지는
작은 물방울이 되어
때로는
소금 내음 가득한 바람이 되어

작고 여린 소녀의 얼굴과
고운 머릿결을 스치며
바다는 소녀에게 속삭인다

파도는 끝없이 밀려와
소녀의 마음을 어루만지듯 일렁이고
시원한 바람은 잠시 스치듯
소녀의 쉴 곳이 되어준다

소녀는 그런,
바다를 사랑했다.

바다는 간직한다

하늘에 떠 있는 구름이
바다 위에 비춰지듯
바다는 너와 내가 함께 있던
그 시간도 비춰준다

바람을 머금은 파도 소리
하늘을 담은 갈매기 소리
너의 미소를 떠올리게 하는
해맑은 웃음소리

모래 위에 새긴 작은 발자국
시간이 지나 이제는 흔적을 찾아볼 수 없대도

시간의 흐름

기쁨과 슬픔

사랑과 이별

바다는 그 모든 것을 품고 간직한다.

그녀의 바다

바다가 보고 싶다 했다

볼 수 없을 때까지
그렇게
바다가 보고 싶다던 그녀였다

바다를 바라보는 것을
좋아했던 그녀

이제는
시간이 얼마 남지 않은,
앞으로는 볼 수 없는 바다

마지막으로 바라보는

그녀의 두 눈에 담은 바다.

희망을 품고 용기를 내라

하늘처럼 높게 바라보고
바다처럼 넓게 바라보고
빗물처럼 씻겨 내려라

절망과 고통 속에서
이제 그만 벗어나라
그대는 혼자가 아니니

주저앉지 말고 일어서서
희망을 품고 용기를 가져라
별과 달이 그대를 지켜줄 것이니.

내가 바라는 세상 속에서

일이 잘 풀리지 않을 때
저 먼 하늘을 보며 기도해 봅니다
지금껏 그려왔던 모든 것이 생각나곤 합니다

다 버리고 멀리 떠나고 싶을 때가 있습니다
작은 새들처럼
저도 멀리 날아가고만 싶을 때가 종종 있습니다

어떤 새든 다 상관없습니다
일이 잘 풀리지 않을 때
저 멀리 있는 바다를 보며 기도해 봅니다

푸른 고래처럼

저도 깊이 헤엄치고만 싶습니다
어떤 고래든 상관없습니다

이렇게 세상 속에 자유로워지고
평온해지고 싶습니다
누군가 한 번쯤 인생을 살아가다 보면

이러한 순간에 놓여 있을 것 같습니다
하지만 전 지금, 이 순간이 행복합니다
제가 좋아하는 글을 쓰고 제가 좋아하는 일을 하고

저의 인생을 즐기고 있는
저 자신을 발견했습니다
지금, 이 순간순간이 저에게는

보석같이 아름다운
시간이 되어
저에게 여행 같은 시간이 되어갑니다.

나의 바다

지겨운 하루와 반복되는 일상에
우린 매일 지쳐있지만
더는 미루지 말고

나와 함께 떠나자
뭐가 또 망설여지는 거야
나만 들을 수 있는 반짝이는 소리

따스한 햇살 시원한 바람
그 무엇과도 바꿀 수 없어
함께라면 눈치 볼 거 없이

우릴 기다리는 저 햇살을 넘어
준비는 끝났어! 같이 가보자
함께라면 생각할 것도 없어

지금 우리 앞엔 바다가 있잖아
생각만 해도 좋은 걸
속이 탁 트이는 아름다운 나만의 공간

아무것도 신경 쓰지 말고
우린 떠나는 거야
잔잔한 물결 고운 나의 바다여

진주 품은 오색 조개

바닷물 위에 얼음 파도 끝에
얼어버린 파도가 오색 빛을 머금어
오색 조개가 되었다네

진주는
은화처럼 잘랑대는 눈물뿐
비어 내린 내 몸이 아파온다.

숨이 되어가는 눈물방울
숨어 있기 좋은
단단한 조개 껍질...

생은 고해도 너의 빈자리에
내가 대신 빛나게 해주길

바다는 보았다

아직은 찬 봄 바다처럼
아직은 어색한 둘의 사이
이곳에 찾아왔던 너와 나를
봄 바다는 기억한다.

뜨거운 태양의 여름 바다처럼
뜨거워진 우리의 사랑
불같았던 너와 나를
여름 바다는 더 뜨겁게 만들어 주었다.

강한 바람의 가을 바다처럼
강하게 부딪쳤던 둘의 갈등
냉소해진 너와 나를

가을 바다는 바람으로 안으려 했다.

춥고 쓸쓸한 겨울 바다처럼
홀로 외로이 서 있는 나
덩그러니 버려져 있는 나를
겨울 바다는 매섭게 꾸짖었다.

그렇게 바다는 다 보았다.
우리의 만남과 사랑과 이별을.

달빛 바다

"3년…. 만인가? 바다에 같이 오는 건?"

운전을 하던 정호가 어렵게 말을 꺼냈다. 정호의 목소리는 미세하게 떨리고 있었다.

연신 앞만 보고 운전을 하는 정호였다. 그리고 그 옆자리에는 윤희가 앉아 있었다.

정호와는 다르게 조금은 들뜬 모습의 윤희였다.

"응. 3년 만이네 오랜만이라서 그런지 더 설렌다. 인상 좀 풀어…. 그래도 여행인데…. 계속 이렇게 우울하게 갈 거야?"

윤희가 정호의 기분을 풀어주려는 듯 웃으며 물었

다. 하지만 정호는 그 물음에 대답도 하지 않은 채 그저 운전에만 집중하고 있었다. 윤희의 노력과는 다르게 차 안은 그저 침묵 그 자체였다.

그 흔한 라디오조차도 켜지 않고 그저 묵묵히 달리는 정호 때문이었다.

"날씨도 좋고 바람도 적당히 불고 너무 좋은 날이다. 진짜 날짜 잘 맞춘 거 같아. 그렇지? 오빠도 창문 좀 내리고 바람 좀 쐐봐."

어색한 분위기를 풀어보려는 걸까? 윤희는 계속해서 정호에게 말을 걸며 기분을 풀어주려 노력했다.

하지만 그런 윤희의 목소리가 들리지 않는 걸까? 정호는 시종일관 무표정과 무응답으로 일관했다.

그런 정호의 반응에 말이 많던 윤희도 점점 말수가 줄고 있었다. 둘의 공간에는 그저 침묵과 간혹 정호가 쉬는 한숨 소리만 들릴 뿐이었다. 그렇게 한참을 가던 정호가 아주 조심스레 입을 열었다.

"참 좋았다 우리. 그렇지?"

"그럼~ 좋았지. 많이 사랑했어! 난."

"난 싫다. 지금 우리의 이 여행이…. 솔직히 힘들어…."

"오빠…. 그냥 좋은 생각만 했으면 좋겠어! 오늘은…."

"…."

또다시 침묵. 정호는 그렇게 또 입을 다물었다. 그렇게 둘의 분위기와는 다르게 달리는 풍경은 너무나 아름다웠다. 창밖으로 보이는 해안도로의 바다. 그리고 그 바다에서 부서지는 파도. 그리고 따뜻해 보이는 모래알.

그렇게 이쁘고 긴 해안도로를 둘은 말없이 달리고 있었다.

음악이라도 흘러나와 주면 좋으련만 차의 창문도 꽉 닫혀있어 바람 소리조차 들리지 않았다.

그저 고요한 적막 속에 정호와 윤희의 시간은 계속해서 흐르고 있었다.

무언의 시간은 계속되고 어느덧 둘의 차는 해안도

로의 끝에 도달하고 있었다.

그리고 도착한 조용한 바닷가. 늦은 오후의 시간임
에도 불구하고 사람들은 많이 보이지 않았다.

조용한 파도 소리와 갈매기들의 울음소리만이 둘
을 맞이해 주는 그런 바닷가였다.

바닷가 한쪽에 주차한 정호. 그리곤 말없이 한참을
바다만 바라보는 정호였다.

그런 정호를 바라보는 윤희. 윤희는 그저 말없이 정
호의 옆을 지키고 있었다.

잠시 후 정호는 차에서 내렸다. 그리곤 조수석 쪽으
로 걸어가는 정호.

조수석의 문을 여는 슬픈 표정의 정호가 맘에 걸리
는 윤희였다.

정호는 다시 트렁크로 다가갔다. 그리고 무언가를
꺼내는 정호였다.

큰 여행용 가방을 꺼내 드는 정호. 그리고 정호는
나지막하게 입을 열었다.

"좀 걷자…. 마음이 바뀌기 전에…."

그런 정호의 말에 바로 반응하며 대답하는 윤희. 자신의 대답에 정호의 기분이 조금이나마 풀리기를 바라는 윤희였다.

"그래. 걷자! 걷는 것도 추억이니까."

둘은 바닷가를 걷기 시작했다.

"오빠 있잖아. 여기 진짜 오랜만이다. 우리 둘이 연애할 때는 많이 왔었는데…. 결혼하고는 처음 오는 거 같네. 여기 바다가 조용해서 우리 둘만의 비밀 장소였는데…."

정호는 입을 다문 채 묵묵히 걸었고 윤희는 정호 옆에서 계속 조잘대며 걷고 있었다.

"오빠 저기 좀 봐…. 저기서 우리 첫 키스 했잖아. 기억나? 헤헤. 오빠도 긴장하고 나도 긴장해서 서로 막 고개 같은 쪽으로 돌려서 박치기하고. 참 모든 게 서툴러서 웃기고 행복했는데…."

어떠한 질문에도 정호는 대답이 없었다. 그저 걸을 뿐이었다. 정호가 먼저 걸으면 그 뒤를 윤희가 뒤따랐다.

윤희가 앞서가도 정호는 자신의 걸음을 묵묵히 옮기고 있었다. 정호는 터벅터벅 윤희는 총총.

그리고 그 뒤를 따라 해가 지고 있었다. 둘의 분위기와는 다르게 지는 해는 따듯하고 아름다웠다.

그런 붉은 해를 보며 윤희가 말했다.

"오빠 저 석양 좀 봐…. 너무 이쁘지?"

"…."

"해는 지는 모습도 이쁘네…. 우리도 해와 같았으면 좋겠다."

윤희의 말은 듣지도 않은 채 정호는 걷고 또 걸었다.
바닷가 끝 쪽에 있는 바위섬을 향해서 말이다.
그렇게 정호가 마침내 멈췄고 그 앞에는 바위섬이 보
였다.
바위섬은 지는 해와는 다르게 어둡고 차가운 기운을
내뿜고 있었다.
지는 붉은 해의 빛도 마치 바위섬은 어둠으로 잡아먹
고 있는 듯 보였으니 말이다.
잠시 후 정호가 입을 열었다.

"여기가 좋겠다. 지는 해도 보이고…."

정호가 바위섬을 오르기 시작했다. 조금은 높게 보였
던 바위섬을 정호는 조용히 오르고 있었다.
뒤를 따르던 윤희가 말했다.

"오빠 여긴 별로야. 어둡고 칙칙하고…. 우리 다른 데
로 가자. 응?"

그런 윤희의 말은 무시한 채 정호는 바위섬에 올랐다.
그리고 그 넓고 차가운 바위에 자리를 잡고 앉았다.
툴툴거리던 윤희도 정호의 옆에 자리를 잡았다. 정호
는 자신이 가져온 가방에서 소주를 꺼내서 마셨다.
말릴 새도 없이 정호는 소주를 벌컥벌컥 들이켰다. 안
주도 없이 소주 한 병을 자신의 입안에 털어 넣었다.
그리곤 힘겹게 입을 열어 이야기를 시작했다.

"나…. 자신이 없어…."
"오빠…. 난 오빠가 정말 행복했으면 좋겠어…."
"난…. 너랑 헤어지는 게 싫어…."
"오빠 난 이러는 오빠가 미워…."
"사랑해 윤희야."

  이 한마디를 남기고 정호는 하염없이 소주만 마셔
댔다. 어느덧 시간이 흘러 해는 지고 달빛만이 바다를
비추었다. 바다에 반사된 달빛 만이 바위섬을 밝히고
있었다. 바다는 점점 차오르고 넓었던 바위섬은 점점

좁아지고 있었다. 그리고 그 바위섬에선 더 이상 정호
와 윤희의 모습이 보이지 않았다.

바위섬엔 고(故) 이윤희라고 쓰여있는 텅 빈 납골
함 과 정호가 벗어 놓은 구두, 빈 소주병, 하얀 편지가
덩그러니 놓여 있었다.

편지에 이렇게 쓰여 있었다.

[윤희야…. 난 너와 같이 있고 싶어…. 사랑해….]
어둠 속에서 바닷물은 점점 차오르고 거세지고 있
었다.

몇 번의 큰 파도가 지나가고 그렇게 납골함과 구두,
편지는 어둠과 바닷속에 잡아먹히고 말았다.

그리고 검은 바다에는 하얀 달빛만이 비추고 있었다.

두명의 친구와 한 친구

"오늘도 거기야?"

"응. 그럴 거 같아."

달리는 차 안. 민강과 상윤은 암호 같은 대화했다.
남들이 듣는다면 무슨 말이냐고 되물을, 둘만이 공유
한 '그곳'을 향해 가고 있었다. 민강은 창밖 하늘을 바
라봤다. 이내, 혼잣말을 던졌다. 독백이라기엔 듣는
이가 있지만, 반응하라고 던진 말이 아닌. 혼잣말인지
하소연인지. 뭐가 다른지도 모르겠는 그 말을 뱉었다.

"연아도 좋아하는데."

상윤은 민강을 쳐다봤다. 운전을 집중하며 상윤은 한숨을 쉬었다. 둘은 아무 말 없이 각자 시선 속 세상으로 빠져들었다. 민강은 바깥 보이는 구름과 하늘, 상윤은 운전하며 저 멀리 보이는 도로들을 조용한 분위기를 지나서 둘은 '그곳'으로 도착했다. '그곳'은 뜨거운 태양 빛이 쏟아지는 모래와 시원한 파도가 출렁이는 공간이었다. 뜨거움과 시원함이 같이 있어도 전혀 어색하지 않았다. 아니, 같이 있다기보단 각자 역할을 충실하게 하며 섞여 있는 거 같았다. 파도는 요동치고, 태양은 그저 빛나고 있을 뿐. 민강은 양말을 벗고 모래 위를 걷기 시작했다. 상윤은 모래 위로 앉았다. 그렇게 시간이 흘러 민강이 상윤에게 다가왔다. 상윤은 민강을 말없이 바라봤다.

"그때, 10시 정도에 연아한테 전화 왔었다?"

"받았어?"

"그날 일 끝나고 피곤해서 자느라 못 받았어. 마지막일 줄 알았으면 폰 벨 소리 켜놓는 건데."

"그 뒤론 따로 연락 안 됐다고 했지?"

"어. 그때 3통 정도 더 걸었더라고. 나한테 무슨 말을 하고 싶었을까. 그때 전화 받았으면, 뭐가 달라지지 않았을까 싶어."

상윤은 민강을 쳐다보고 한숨을 내뱉었다.

"그 새끼들은 평생 불행해야 하는데. 사람 그렇게 만들어놓고 편하게 살면 안 되는데. 솔직히 나 지금이라도 가서 걔네한테 복수하고 싶어."

"벌… 받을 거야. 앞으로 행복하지 못할 거야."

"…"

민강은 고개를 올려 하늘을 응시했다. 그리고 다시 말을 꺼냈다.

"그냥 다 후회돼. 학교 각자 찢어졌을 때, 그 뒤로 연락도 자주 해주고 더 신경 써줬으면.."

서러움이 말보다 먼저 튀어나온 민강은, 소리 내 울기 시작했다. 상윤은 말없이 민강의 머리카락을 만졌다.

"야."
"왜."
"나도 걔 못 챙겨줬는데, 친구의 친구도 못 챙겼다고. 그렇게 자책하면 넌 어떨 거 같냐."
"개소리야. 짜증 나게 할래?"

"그거랑 똑같아. 너도 이미 걔한테 좋은 친구였어. 그러니까 마지막 통화로 너한테 한마디라도 더 하고 싶었겠지. 그러니까 너무 그러지 말라고."
"난 왜 소중한 사람들한테 이따위였을까. 걔 더 챙겨줄걸. 다 뭣 같다고 했을 때 뭔 일인지 더 물어봐 줄걸. 왜 그걸 몰랐을까."

민강은 휴대전화를 꺼내 이것저것 뒤지기 시작했다. 연아의 SNS 계정이었다. 자신이 키우는 반려견

사진으로 프로필을 꾸민 연아. 항해사가 꿈이라며, 바다를 가르는 1등급 항해사가 되겠다는 꿈도 열정도 가득한 자기소개. 연아가 마지막으로 올린 글은 그동안 올린 글과 달랐다. 사람이 갑자기 변하면 죽는다는데, 그 말처럼 연아는 죽기 한 달 전까지 평소 모습과는 조금 거리감이 있었다. 평소 밝던 연아는 사망 직전 무채색으로 가득한 말과 사진을 공유했다. 사람들이 무섭다는 말과 함께. 연아는 바다가 아닌 하늘 어딘가로 떠나고 말았다. 연아가 한 달 전까지 업로드한 게시글, 사진들, 주고받은 대화 내용을 보며 민강은 서럽게 울었다.

"문자로라도 할 말 있으면 남겨두지. 난 앞으로 어떻게 살라고."
"글자로 담기엔 아쉬운 진심이었겠지. 목소리 들으면서 전달하고 싶었나 보지."

상윤은 민강이 던지는 자책을 덤덤함이라는 또 다

른 위로로 포옹했다.

"너도 좋은 친구였어. 너랑 걔 문제가 아냐. 나쁜 새
끼들이 문제지."
"짜증 나."

민강은 눈물을 닦으며 바다를 멍하니 바라봤다. 상
윤은 지역별로 바다 특징도 정리해 두던 연아를 떠올
렸다. 마음을 다잡는 민강을 바라보며 상윤은 한 마디
를 꺼냈다.

"연아. 걔 좋은 곳 갔을거야. 우리가 마저 바다 특징
정리해서 기억해 두면, 연아도 기뻐할 거야. 그러니
까…."

"어. 그래. 나중에 정말 나중에, 시간이 흘러서. 우리
가족들도 연아한테 가고, 나도 연아 만나면 바다 특징
알려주고, 어디 지역 물이 제일 깨끗한지 하루 종일

애기할 자신 있어. 그리고 걔가 그렇게 좋아했던 크루
저도 타서 알려줄 거야."

　상윤과 민강은 파도 소리를 들으며 눈물을 진정시
켰다. 극복의 첫 단계가, 포용과 용서라는 걸 받아들
이며 그 둘은 모래 위로 연아의 이름을 적었다. 파도
가 밀려와 그 글자를 휩쓸어가듯, 부디 둘이 가진 슬
픔 역시 떠내려가길. 그렇게 바라던 하루였다.

물멍

바다를 본다
정확히는 흐름에 거슬러 멈춰있는 배와
하늘과 맞닿아 경계가 불분명한 수평선과
생각 없이 유영하는 듯한 물고기와
파도가 가진 조각난 햇볕과
자갈과 모래를 부슬 거품을
바라만 본다

시원해진 마음에
그것에 조금 더 가까이 가보지만
나를 스친 물방울이 찜찜함을 남기고
뒤를 돌아 나간다

말없이 떠나도

나를 끝까지 배웅해 주는 바다를

시야에서 사라질 때까지 본다.

파도

저 달 뒤편에서부터
그리움을 싣고 온다

자기 삶의 종착역에서
하얀 눈물로 부서진다

저 멀리 수평선 어딘가부터
끊임없이 소리친다

나 지금 여기 있다고

밀물과 썰물 그리고 너

나에게 너란 존재는
강력한 중력을 가져

너와 함께할 때는
모든 순간 행복이 되어 밀려오지만

너와 헤어지고 나니
모든 순간이 추억이 되어 빠져나간다

그리고 나면 늪 같은 그리움만 남아
다시 돌아갈 수가 없다.

표류

솟아오르고 있었다.

바다 위를 꿈실거리며 하얗게 파도가 일어나고
있었다.

부숴 버릴 듯 거센 숨결로 밀려와 한가운데 외로이
떠 있는 달 하나를 자꾸 삼켜 낸다.

막막한 바다, 바다가 나를 부른다.

절벽에 다다르자 그 아래로 시퍼런 바다가 폭풍치고
있었다.

눈에서 눈물이 솟아오르고
정처 없이 바다를 표류하는 달을 구하기 위해
나를 투신한다.

서서히 아침 햇빛을 받은 바다가 반짝거리고
어느덧 잔잔해진 바다는 모든 것을 귀일 시켰다.
다시는 언덕에 앉아 넓고 푸른 바다를 바라볼 수 없게
되었으며 온데간데없이 달은 사라졌다.
하늘과 맞닿은 나는 수평선을 이루었다.
또다시 표류한다.

바다와 받아

바다는 왜 바다라 불리는 걸까
바다, 바다, 받아
어디가 끝인지 모를 정도로 광활하게 펼쳐진 바다는
언제나 많은 이들을 받아들인다

모든 물고기의 삶의 터전인 바다
더위에 지친 사람들을 받아들이는 바다

외로운 사람들에겐 잠시 친구가 되어주고,
위로가 필요한 사람들에겐 하얀 파도를 철썩이며 대
신 분풀이를 해준다.

바다는 그래서 낮에도, 밤에도, 여름에도, 겨울에도
사랑을 받나보다

#2 물

사랑은 물
당신의 몸속에 흐르듯이.

따스한 햇볕을 걸쳐 두른
시원한 파도 소리가 눈앞에서 펼쳐지거나
밤과 함께 찾아온 어둠 안에서
저 멀리 파도 소리가 희미하게만 들리거나

흘러 들어왔다가
흘러가듯이.

#165

그대는 나를 찾지 않아도 괜찮아

나는 햇볕 바다

모래사장 속 바늘 하나

#180 바위

아무도 우릴 찾을 수 없는 여기 바닷밤

밤바다 저기 앞에 자그마치 솟아오른 저 바위

밀물이 그를 한순간 완전히 덮었다 가듯이 아무리

쓸려가는 바닷물처럼 떠나간다 해도, 그럴 것이 이미

정해진 듯이

여기 지금 나를 열렬히 바라봐 주세요.

손가락 끝에서부터 손바닥 끝으로

나를 보살펴 주세요,

살고 싶은 하루

해류

"바다로는 가지 마라, 아이야."

아버지는 그렇게 말했다. 바라보기에는 빛이 나지만 가까이 가면 위험한 곳. 그곳이 바다라고. 언제든 생명을 앗아갈 수 있는 위험이 도사리는 곳. 어부들에게는 그곳이 전쟁터였다. 우리 아버지는 매번 생사가 오가는 파도와 싸우고, 바람과 맞서며 그렇게 가정을 지키셨다. 나를 지키셨다.

나를 때리셨다. 바다와 한바탕 싸우고 돌아오시고 나면, 술을 마시고 나면, 그렇게 나를 때리셨다. 어머니는 아버지의 난폭함을 이기지 못하고 결국 도망가셨다. 나를 두고 홀로 집을 떠났다. 어떤 마음으로 나가셨는지 물어보고 싶지 않았다. 그저 어머니가 많이 보고 싶었다.

어머니의 부재가 익숙해진 어느 날. 그날은 어째서
인지 아버지가 술을 많이 드셨다. 아주 많이. 그러고
는 커다란 상어를 잡아 오시겠다면서 집을 나섰다. 하
늘은 우중충했고, 파도는 거셌다. 나는 직감했다. 제
발 나가지 말라고 아버지를 붙잡았지만, 발로 걷어차
일 뿐이었다.

마른하늘에 날벼락이 쳤다. 그날 이후로 아버지는
돌아오지 않았다. 거센 파도가 아버지를 데려간 것일
까. 천벌을 받은 것일까. 그냥 옆에만 있어 주는 것만
으로도 나는 용서할 수 있었는데. 왜 하늘은 아버지를
데려가 버린 걸까.

억 단위의 보험금은 내 앞으로 남겨졌다. 어머니는
무사할까. 내게 남은 건 아무것도 없었다. 아무것도.
억 단위의 종이 쪼가리뿐.

삶이 막막했다. 학교도 나가지 않았다. 밥도 한 끼만 먹고, 하루 종일 잠만 잤다. 낮과 밤이 분간되지 않았다. 밤하늘의 별은 그렇게 총총히 빛나는 데, 내게 주어진 쪽은 텅 빈 우주의 검은 공간뿐이었다.

사랑은 무엇이고, 상실은 무엇인가. 나는 늘 남겨진 쪽이었기에 이제는 그 둘을 분간할 수가 없었다. 사랑한다면서 떠나간 어머니와 자신을 버리면서 자식도 버린 아버지. 이제는 모든 게 어지러웠다. 좀, 쉬고 싶었다.

*

하루는 삼계탕이 그렇게, 먹고 싶었다. 오랜만에 집 밖으로 나와 길을 걸었다. 환한 태양 빛에 눈이 부셨다.

"그래, 그렇게 먹어야 살지. 앞으로는 자주 밥 먹으러 와. 학생은 반값에 줄 테니."

아주머니의 따스한 말에 살포시 미소를 지었다. 감사하다고. 삼계탕은 아주머니의 마음처럼 따뜻했다.

가게에서 나와 바닷가로 걸어가는 걸음이 가벼웠다. 아무것도 하고 싶은 마음이 들지 않았었는데, 오늘따라 용기가 나는 건 따뜻함이 있었기 때문이다.

　모래사장을 천천히 걸었다. 바다는 따뜻하고 광활하고 마치 그리운 어머니의 품 같았다. 바라보면서 그렇게 느꼈다. 찬란한 푸른 빛들이 바다를 밝혀주고 있었다. 새하얀 파도가 바위로 돌진해 부서지는 모습이 보기 좋았다. 그날, 아버지도 그렇게 부서졌던 건가요. 나는 눈을 감았다. 앞으로 천천히 걸어 나가며 바닷물의 차갑고 따스한 기운을 느꼈다. 사랑과 상실. 공존할 수 없는 두 단어가 내 안에서 솟구쳤다. 의문이 남아 나는 잠시 남을까 고민했지만, 바닷빛이 너무 찬란해서 그 품에 안기고 싶었다. 허리까지 물이 닿았을 때, 나는 조금 더 앞으로 나아갔다. 이제는 곧 발이 닿지 않겠지. 바다의 품에 안기겠지. 나도 저 하늘 위, 한 송이의 별이 되겠지. 까무룩 잠이 드는 기분이 들었다. 마지막은 어머니의 품에 안기는 따뜻한 느낌이었다.

눈을 떴을 때, 밤하늘의 별이 내게로 와르르 쏟아졌다. 별똥별이 하나 하늘을 가로지르는 게 보였다.

"여기가 지옥인가요?"

내 옆에 앉아 부채질 해주고 있던 남자애에게 물었다.

"그랬으면 좋겠어?"

나는 고개를 저었다.

"아뇨. 그러면 엄마를 볼 수 없을 것 같아서. 근데 내가 저지른 일은 나쁜 짓 같아서."

"왜 죽으려고 했어. 왜 그랬던 거야."

남자애는 조금 울먹이는 목소리로 말했다. 나한테는 아무도 남은 사람이 없는데. 이 사람은 누구이기에 처음 보는 나를 보며 우는 걸까.

"빛을 봤거든요, 바다에서."

그는 내 손에 자신의 손을 포개어 잡았다. 따스한 온기가 전해졌다.

"이제 내가 너의 바다가 되어줄게. 내 옆에서 살아가 줘."

그의 얼굴을 바라보자, 예전의 기억이 떠올랐다. 고등학교에 다니던 때, 달리기 시합에서 넘어진 날. 나를 업어서 보건실로 데려다준 아이였다. 내 까진 무릎에 연고를 발라주고, 후후 불어주고, 밴드를 붙여준 아이. 같은 반, 반장.

*

온

학교가 마치면 항상 그 애를 찾아다녔다. 혹시나 거리를 배회하고 있으면 우연히 마주친 척 다가가려 했다. 그러나 늘 허탕이었다. 오랜 기간 그 아이와 만나지 못하자 마음이 무너질 것 같았다. 결국 반장의 권한으로, 선생님께 요청해서 집 주소를 알아냈다.

그 애의 집을 찾아갔지만, 집 안은 쥐 죽은 듯이 고요했다. 불안감이 가중되어 나는 뛰기 시작했다. 시내부터, 상점가까지. 가 볼만한 곳은 다 찾아다녔다. 마지막으로 향한 바닷가에서 나는 그녀를 찾았다. 그날은 햇살이 천천히 파도에 부서져 하얀빛을 내던 날이었다.

그녀는 눈을 감고 천천히 바닷가로 걸어가고 있었다. 나는 소리쳤다.

"해류야!"

내 목소리는 파도 소리에 먹혀 그녀에게 도달하지 못했다. 나는 달리기 시작했다. 바닷속으로. 그 애에게로.

*

해류

온에게 잡힌 손은 따뜻했다. 나는 다시 학교에 다니기로 결정했다. 다시 살아보기로. 곁에 누군가가 있는 날은 그렇게 살고 싶은 날이 되었다. 나는 다시 살아보기로 했다.

문[問]

바다는 사실
자신의 품을 떠난
수많은 아이가 그리워
파도치는 게 아닐까

저 파도의 포말들은
자신의 아이를 그리워하는
인어들의 통곡 아닐까

수면에 비친 노을의 붉음은
평생 우리를 기억하겠다는
세상의 도원결의 아닐까

저 작은 선녀탕에 비친 달빛은
신의 눈물 아닐까

저 어둠은 그저
세상이 눈을 감고
잠에 든 게 아닐까

우리는 사실
살아있지 않은 게 아닐까

어머니의 바다

타이타닉,

위대한 바다의 자식아
네 작은 배는 이만 버리렴

그 멍청한 배는 널 부서뜨리고 만단다

위대한 자의 마지막 유산아
네 실패작은 이만 버리렴

그 피 흘려가며 키운 실패작은 네 앞에서 스러진단다

내 품에 안겨
별을 세보자
너보다는 아니어도 나름 빛나지 않니

네 작은 배를 뒤로 하고
어머니의 바다에 안겨 눈을 감자

바다보러 갈래?

"바다 보러 갈래?"

시원한 바람이 솔솔 부는 한 여름밤 그런 날에,

나의 용기 낸 한마디가 우리의 시작이 된 그때

우리는 서로를 마주 보면 미소 지었고 그렇게 우리는

넓고 넓은 서로의 바닷속으로 뛰어들었다.

때론 잔잔한 파도에 일렁이는 모래사장처럼..

때론 매섭게 몰아치는 파도처럼..

때론 조용하게 파도 소리만 들리는 밤바다처럼..

서로에게 그런 존재가 되었다.

지금은 모래사장에 나란히 앉아 이어폰 한 쪽씩 나누

어 끼고, 파도의 박수 소리를 배경 삼아 사랑 노래를

듣고 있다.

그런 사랑을 하고 싶다.

바다이고 싶었다

"바다이고 싶었다"

나는 그대에게 그저 바다이고 싶었다.

사계절마다 각 계절의 방식대로 사랑과 응원을 주는,
그런 "바다"이고 싶었다.

항상 그렇게 서로에게 바다와 같은 넓은 마음인 줄
알았지만, "이제는 고요하지만 흘러감이 있는 강이
좋아"라는 너의 말에 난 다시 강으로 흘러 들어 갈 수
도 없는 그저 그런 바다가 되었다.

바다가 있다

내 고향은 부산이었다. 바다가 가까운 아기자기하고 아름다운 도시. 초등학교 1학년까지 살다가 근교의 시골로 이사를 가 어린 시절의 기억이 많이 남아 있지는 않지만, 가끔 부모님 댁에서 앨범들을 뒤적이다 보면 푸른 바다 사진이 그 시절의 기억을 가져다준다.

막 걸음마를 시작했을 때 바닷가의 작은 돌을 할아버지 손에 올려드리던 사진을 보며 빙긋이 웃어본다. 그리고 네 살인지 다섯 살이었는지, 햇볕이 쨍쨍한 오후에 교회 예배가 끝나고 간 침례 예식. 어느 바다의 모래사장 그늘에서 엄마 무릎 위에 앉아 꾸벅꾸벅 졸다가 깨서는 '언제 끝나?' 하면서 바다에서 놀고 싶어 했던 기억이 난다. 흰색 타이즈를 입고 있었는데 들어

가면 춥다며 부모님께서 못 들어가게 하셨던 걸 보니
더운 여름은 아니었던 것 같다. 여하튼 입이 뽀로통
해져서 아빠 손을 잡고 집으로 돌아왔던 웃음 터지는
기억이 사뭇 즐겁다.

익숙했다. 바다가. 필름 사진을 찍던 시절, 세상에
단 하나뿐인 손바닥만 한 사진으로 박아 놓은 짙은
파랑의 바다가.

시골로 이사를 가면서부터 바다의 자리엔 나무와
들판과 산이 있었다. 집에 돌아와서는 가방을 던져 놓
고 들판을 쏘다니기에 바빴다. 사계절이 즐거웠다. 비
닐하우스의 열린 틈으로 손을 뻗어서 하곤 했던 딸기
서리, 해 질 녘 보리밭의 사잇길을 달렸던 자전거 경
주, 벚꽃이 만발한 도로, 한여름의 물놀이, 겨울이면
어김없이 고향처럼 찾아왔던 수천 마리의 청둥오리
떼, 그리고 철마다 맛나게 먹었던 과일들까지.

모든 장면이 선물과 같았다.

지금 생각해 보면 시골의 작은 마을에서 자란 내가
자연이 주는 포근함에서 안정을 찾는 것은 당연한 것

이었는지, 서울로 이사를 온 후로는 각박한 도시의 생활이 시골 마을을 그리워하게 했다. 그리고 어린 시절로 돌아갈 수는 없지만, 즐겁게 놀던 추억을 주신 부모님께 감사한 마음으로 주변의 작은 자연물들이 주는 메시지들을 마음으로 읽었다.

선물

해는 쨍쨍한 여름인데도 유난히 하늘이 높아 가을이 떠오르는 날이었다.
올망졸망한 구름이 떠 가는 하늘을 바라보는 것이 기분을 좋게 하여 바쁜 일상 가운데 그 예쁜 하늘을 힐끔힐끔 훔쳐보았다.
하루 한 가지씩 자연은 내게 선물을 준다.
어젯밤엔 질은 향기를 흩뿌리는 백합을 만났다.
빛의 화려함은 백합을 휘장으로 가려버렸었는지
한낮엔 은백색의 자태가 눈에 들어오지 않았다.
그러나 밤이 찾아들자, 백합은 찬란하게 빛났다.

향기가 축포를 터뜨려버린다.

은백색 꽃잎보다 농염 짙은 향기에 반해버리고 말았다.

반경 1m에 불과한 세계이지만 그 초대는 너무나 달콤하고 매혹적이었다.

천연계는 인간을 향하여 주고 싶은 것이 그리 많은 것인지.

오늘 같은 하늘은 또한 한 통의 편지 같다.

마치 가을을 품고 있는 여름이 속내를 보이는 것처럼 여름의 대기로 가득한 이 땅의 시선이 잠시 머물 수 있게 하는, 진심 어린 눈으로 굽어보는 하늘이었다.

내일은 비라도 내려 시원하고 깨끗하게 하는 날을 선물 받게 될까.

구름이 가득한 채 후덥지근하다 하더라도 무엇인가 받을 수 있는 선물이 숨겨져 있을 것만 같다.

그 선물을 받는 나는 또 하나의 달라짐을 향해 나아가고 항로를 개척해 가는 노를 젓기 위한 힘을 얻겠지.

7월 7일.

예쁜 숫자로 이루어진 날이다.

올여름엔 좋은 선물들을 마음에 가득가득 담아 보아

야겠다.

2015.7.7. 이 글을 쓰다.

　십 년에 가까운 시간이 지나 읽게 되는 나의 일기장

의 글이 마치 세상에 유일하게 남은 앨범 속 바다 배

경의 사진처럼, 내 기억 속 장면들을 살아 움직이게

하는 것 같다.

　아, 선물처럼 주어지는 메시지들을 하나씩 읽어내

듯, 예쁜 조개껍데기를 하나씩 주워 모으던 바다를 향

해 가 보아야겠다.

　익숙하고 정겨운 바다라서였을까. 언제부턴가 나는

가끔 바다를 찾았다. 인생의 여정이라 비유하며 향하

는 긴 버스 여행은 바다에 다다랐을 때의 기쁨을 배

가시키는 것 같았다. 썰물이 되어 빠져나가면 드러난

바닥을 밟으며 내 마음의 바닥을 들여다보았고, 힘찬 파도 소리가 들려오는 바다에선 하염없이 푸르름에 젖은 바다의 먼 수평선을 바라보았다.

얼마간의 시간이 지나면 마치 약속이라도 한 듯이 투명한 바다는 거울과도 같이 나를 비추어 주는 것 같았다. 하루하루의 삶이 마치 우물을 길어 사는 것 같다면, 내가 찾아간 바다에서는 그 우물을 깨뜨리고 일상으로 달궈진 온도마저 파쇄한 채 드넓은 세계와 평화를 품고 돌아올 수 있었다. 바다가 내 안에 들어오는 순간들이었다.

사람에게는 자신이 그리는 이상향이 있다. '내가' 원하는 세상 말이다. 어릴 때의 초롱초롱한 눈망울이 크게든 작게든 아픔과 고통, 상처를 겪으면서부터일 것이다. 그러나 점차 깨닫게 되는 것은 '세상이 어떤 모습이 되었으면' 하는 바람만큼이나 어떠한 '인격' 을 그리워하게 된다는 것이었다. 그리고 불완전함을 가질 수밖에 없는 인간에게 내재되고 단련되어 단단해진 한 면에 기대어 쉼을 얻고 평화를 누린다. 파도

소리를 들으며 바다로부터 불어오는 바람을 맞고, 밀물을 밟으며 삶의 열기를 공중으로 흩어내듯이. 그리고 보이지는 않고 볼 수 없지만 바다의 깊이가 인생을 품는 것처럼 자연의 깊음을 닮아간다면. 사람이 사람을 바라볼 때 쉼과 평화를 느끼게 되지 않을까.

돌아보니 '그래, 너도 내게서 쉼을 찾지 못했겠구나' 싶은 마음을 짚어보며, 지나간 시간과 장면을 어루만진다. 그리고 '나도, 바다와 산과 들판을 닮은 사람의 모습 속에서 쉬고 싶었어.'라며 스스로를 위로해 본다.

경고가 아니라면 선을 넘는 일이 없고, 그저 발끝에와서 닿고 바람과 바위에 부딪혀 흩어지는 물방울들이 말하는 것의 전부일지라도, 마치 나를 사랑한다고 말하는 듯 세상과 다른 인격체로서 존재하는. 반짝이는 빛들과 파장을 반사하는 푸르름 가운데 쏟아지는 영감을 주는 존재로서. 꼭, 쓰면서 닳아버린 마음을 값없이 새로운 것으로 바꾸어 주는 고마운 존재인.

바다가 있다.

그 바다가 내 안에도 늘 존재하면 얼마나 좋을까.

아마도 그건 나의 평생의 숙제겠지.

물결

걷잡을 수 없는 태풍이 몰아치고
감당할 수 없는 해일이 몰려올 거로 생각했는데

고개를 들어 마주한 바다는 잠잠했어
따사로운 햇볕만이 모래를 안아주었어

요동치는 감정에 큰 파도가 생겼을 텐데
어째서 나를 향한 너의 물결은 고요한 걸까

심연 속에서는 소용돌이가 치고
끓어오르는 뜨거움을 감출 수 없었을 텐데

오늘따라 날씨가 더 좋은 이유는 뭘까

툭 치면 넘어질 것 같은
빈약한 모래성이라 미안해

방파제처럼 단단했다면 도망가지 않고
있는 그대로를 안아주었을 거야

수평선처럼 넓은 마음을 가졌더라면
우린 더 행복했을 거야

떨어지는 눈물조차 조심스럽게 닦아주는
물살을 보며 생각했어

한 발자국 먼저 다가와 주어서 고마워
나를 너로 흠뻑 적셔주어서 고마워

바다

'바다'

하면 왠지

탁 트인

널따란

파란 물결이 떠올라

시원하고 소금기 있고
필수로 따라오는 모래사장까지

때로는 투명하고 푸르고
파랗다가 새파랗게 어두워지는

이 세상의 그 어떤 어려움과 시련도

바다 앞에서는

작아지는 느낌

우리 모두에게도 바다가 있는 것 같아

각자의 항해 방식으로
돛을 달았다가
닻을 내렸다가
풍파를 만났다가
선착장을 들르고
다시 파도를 가르는

그런 여정

그런 마음

그리움의 바다

오늘 발길이 바다에 닿아서
당신이 깊은 꿈 중에 오실 줄 알았습니다

어린 날 목포 바다 유람선 위에서
출렁이는 거친 파도 물살에 무서워하던 내게
아가, 아빠 손 잡으면 돼
아가, 저기 멀리 보면 괜찮아
정오의 바닷바람만큼 살랑거리던 당신 목소리
오늘은 다시 들어볼 수 있을까요

오늘은 멀리서 불어온 바다 비바람이 닿아서
당신을 밤중 꿈 사이에 만날 줄 알았습니다

어려서 바다 위 작은 오리 배를 기다리다
마주한 햇살을 찡그리며 찍은 사진 속 당신에게
보고 싶다
잡고 싶다
사랑한다
다시 또다시 그 말을 되뇝니다

오늘 발길이 바다에 닿아서
당신이 오실 줄 알았습니다

오늘 바다 비바람이 닿아서
당신을 만날 줄 알았습니다

그리움의 바다는
오늘도 풍랑주의보가 발효 중입니다

인생 바다

모든 삶은 크기와 세기에 상관없이 전 세계 온 우주를 흐르는 바다다.

빛과 어두움이 나타나 하늘 아래의 물과 하늘 위의 물로 나뉘어 생명의 근원인 물의 순환을 통해 지속된다.

하늘 끝에서 바다가 시작되는 것처럼 땅의 죽음 끝에서 영원의 생명이 다시 시작된다.

그러니 어떤 인생도 흐르는 바다가 된다.

가끔 그리고 제법 자주 하늘길 가는 바다가 보인다

하늘을 향한 바다는 다만 반짝인다.

못다 한 서러움도 홀로 가는 외로움도 어떤 소리조차 가질 수 없다.

그러나 남겨진 우리는 때 이른 앞선 걸음에 아쉬워하고 매 순간 외로워하며 또 다른 바다 위를 흘러간다.

바란다.

조금은 부드러운 생각으로 편안한 마음으로 그렇게 흘러가기를.

남겨진 우리가 흘러가는 바다 한복판에서 때로는 그리움의 깊이에 때로는 살아감의 풍파에 휩쓸리더라도 빠르게 불현듯 재촉해 오는 이별의 물살 위에 올라 보란 듯이 당신은 당신의 바다 끝 하늘로 떠나고 나는 또 나의 바다를 항해해야 한다.

우리는 바다로 흘러가는 어느 시점에 또다시 만난다. 그 소망이 비록 오늘은 짓궂은 폭우에 금세 사라지겠지만 부디 우리가 하늘 끝 바다와 하늘 아래 바다를 서로 마주 보고 지극히 눈부시게 살을 부빈 삶들을 잊지 않길 바란다.

너와 내가 같은 바다로 흘러 만난 그 시간을 기억한다면 서럽고 외로운 순간도 조금은 더 유연하게 넘어갈 수 있지 않을까….

바닷길 흘러가다 아주 먼 길 끝에서 반짝임이 보인다면 그것이 너의 바다인 줄 알겠다.

나의 생각과 마음이 사랑으로 멈칫할 때 너도 나를 알아보고 나의 오늘을 향해 토닥여주는 것으로 생각하련다.

우리 서로 바다가 흘러가는 아주 오랜 시간 주어진 자리에서 마음껏 외로워하고 그리워하자.

네가 그리워도 멈출 수 없다.

나는 또 앞으로 계속 나의 바다가 하늘 끝에 맞닿는 순간까지 흘러가야 한다.

오늘은 이만 헤어지고 그리워하며 서운한 눈물이 그리운 눈물이 바다 위에 반짝거린다.

너를 보내고 아쉬움에 밀랍처럼 녹아내린 내 마음의 사랑이 깊이 더 깊이 내려간다.

나는 나의 바다로 너는 네 영원의 바다로 흘러 사랑이라 안녕하고 기다림이라 안녕하고 다시 봄의 소망이라 안녕하며 다시 또 흘러간다.

바다가 내게 건네준 선물

나는 바다가 차가운 줄 알았다
바닷바람은 얼음장처럼 서늘하고
파도는 자꾸만 나를 밀어냈으니까

나는 그런 바다에 겁도 없이 말을 걸었다
이 세상엔 내 길이 없는 것 같다고
어디쯤 서 있으면 나를 봐주겠냐고
무작정 달려들었고 그의 품에 발을 담갔다

바다는 나의 질문에 대답하지 않았다
첫 발은 차갑다 못해 찢어지는 것 같았다
그게 바다의 대답이었으려나
들리는 건 하염없이 철썩이는 파도 소리뿐

나는 한발씩 천천히 안쪽으로 걸음을 옮겼다

물이 명치를 넘어 턱 끝까지 차올랐다
앞뒤 양옆으로 나를 짓눌렀다
익숙했다
내가 매일 보는 광경과 크게 다르지 않았기 때문이다
아침 출근길에 탔던 지하철의 모습이었다
군중을 비집고 내 자리를 기어코 찾아 들어가
옆 기둥에 기대어 잠깐 눈을 붙였다
두꺼운 패딩만큼 내 몸도 마음도 무거웠다
문이 열리고 나는 파도에 휩쓸리듯 군중들 속에서 이
리저리 휘청거렸다
제자리를 지키려 안간힘을 썼다
남들이 보기엔 같은 자리라 할지 몰라도 나는 계속
발을 구르고 있었다
뜨거운 열기 속에서 고개를 빼꼼 내밀곤 숨을 가쁘게
내쉬었다.

들리는 건 하염없이 덜컹거리는 전철 소리뿐
아등바등하던 팔다리가 점점 저렸다
물살에 그대로 풀썩 주저앉고 말았다
다리에 더 이상 힘을 주지 않으니 나는 가라앉고 말
것이다
아래로, 저 아래로 천천히 그리고 아주 차갑게 말이다
그의 품에 안겨 눈을 감는 짧은 생을 떠올렸다
그저 우습게 흘러가는 삶이었지만
꽤 푸르고 고요한 마지막이었다
그래서 다행이라 생각했다

그런데 바다는 나를 위로 또 위로 자꾸만 올려다 놓
았다
나를 제발 내버려두라고 마구 때리며 화풀이했다
바다는 그저 맞고만 있다가 내가 제풀에 지쳐 쓰러질
때면 내 몸을 감싸안았다
질문을 해도 대답이 없던 바다는 말없이 흐르는 눈물
을 닦아주었다.

파도는 적막한 밤 내가 외롭지 않게 노래를 불러주었고
날 한참 간지럽히다 어느샌가 제자리에 날 데려다 놓
았다
분명 잡고 있던 손도, 구르던 발도 모두 내려놨는데
나더러 또다시 살아보라는 건가 싶었다
참 우습게도 그 순간에 바다가 저 먼발치서 해를 끌
어올리더라

짧은 생을 생각했던 어느 긴 밤
나는 바다에게 선물을 받았다
바다는 나에게 파도 속에서 힘을 빼는 방법을 알려주
었다
그리고 바다는 파도의 속삭임으로 내게 말했다
숨지마라 흐르다 보면 언젠가 바다로 올 테니
가끔은 멈춰도 된다고
느리게 걸어도 된다고
천천히 도착해도 된다고
힘겨운 하루 버텨서 꼭 살아내라고

웃는 날 꼭 올 거라고
지금 걱정하고 있는 거,
지금 불안해하는 거
잘될 거라고
괜찮다고
다시 힘차게 살다가
아니 그냥 있는 대로 살다가
네 인생에 비가 내리는 날에
그 비를 혼자 처량하게 맞기 싫은 날에
내 품에 안겨 함께 좋은 얘기를 나누자고

나는 바다가 건네준 선물을 한참 동안 어루만지다가
그 따뜻함이 너무 소중해 조금만 받고 나머지는 파도
위에 종이배처럼 띄워 보냈다
바다에게 운명을 맡길 다음 사람을 위해.
누군가 삶을 포기하려 할 때 그이를 위한 선물은 내
가 줄 수 있었으면 해서.

바다의 별

친구야 너는 무슨 꿈을 꾸고 있니

바다를 훨훨 날고 있니

파도를 따라 춤을 추고 있니

소리치고 싶으면 소라고둥을 내어줄까

동료가 필요하면 산호들을 내어줄까

아! 넌 빛을 보고 싶구나

미역으로 조개를 살랑살랑 간지럽혀서

네가 세상의 빛을 보게 해줄게

바다의 깃털을 타고 높이 날아

긴 여정을 떠나 먼 훗날 다시 돌아온다면

그곳에서 더 많은 빛을 가져와

오색 빛으로 여길 물들이자

바다의 별이 되어 꺼지지 않는 불빛을 선사해주길

넌 나의 영원한 진주야

푸른 거울

수많은 이야기를 품은 바다
세상 온갖 이야기를 비출 때마다
그 마음을 함께 느끼는 존재

눈부신 아침 햇살이 물결을 어루만지고,
저녁노을이 바다를 붉게 감싸안을 때,
그 모든 순간을 간직한 바다는
우리의 이야기를 푸르게 비춘다.

저 멀리 저녁별이 떠오르고,
별빛이 비추는 잔잔한 물결
달빛 아래 속삭이는 파도의 노래
그 소리는 수평선 너머로 이어져
영원히 바다에 새겨진다.

내미소 물결 위에 번지면,
바다는 그 반짝임을 따라 웃고,
내 눈물 물방울로 떨어질 때,
바다는 그 슬픔을 담아 함께 운다.

물방울 하나하나가 담고 있는 기억과
바람과 물결이 만들어낸 부드러운 선율
그것들이 하나 되어 연주하는 세상의 이야기

깊고도 푸른 거울에 담긴
빼곡한 별들과 굳건한 달
태양이 곱게 만들어낸 황금빛 면사포
하얀 꽃처럼 피어있는 구름은
각자의 이름과 얼굴로
새로운 이야기를 쓰며
그 속에 비친 모든 순간이
시처럼 영원히 흐른다.

바다의 마음으로

드넓은 바다처럼 깊은 마음을 가질 수 있으면 좋겠다.
모든 것을 포용한 듯
모든 것을 이해할 수 있고 안을 수 있는 그런 마음

시원한 바다가 파도의 목소리로 잔물결을 일렁이며
사람들을 끌어안는 듯
나도 모두가 찾는 푸르고 맑은 사람이고 싶다

바다에게

달리는 차 창 너머로 바다 내음이 훅 들어온다.

운전대를 잡은 나에게 너는 들뜬 목소리로 물었다.
산이 좋은지 바다가 좋은지.

갑자기 그런 걸 궁금해하며 웃는 너의 모습이
왠지 바다 같다는 생각이 들었다.
나는 말없이 그저 어렴풋이 웃었다.

어느 곳이라고 대답해야 네가 좋아할지가
나는 문득 궁금하기도 했다.

나를 보며 웃을 때 반짝이는 네 눈동자가 꼭

윤슬 같아서 눈이 부시게 사랑스럽다고 생각했다.

오늘처럼 운전하지 않는 내 다른 손을 잡으려
팔을 쭉 뻗어 척-하고, 깍지 낀 채 끌어당길 때면
너의 손이 마치 빠져나올 수 없는 파도 같기도 했다.

어떤 날은 수심 가득한 얼굴을 한 너를
종종 내가 등 뒤에서 두 팔로 안아주곤 했었는데
마치 내가 깊은 바닷속 아기 고래를 품어주는
아주 큰 바다라도 된 듯한 기분이 들기도 했다.

대답을 기다리는 건지 창밖을 한참 응시하던 너는
'나는 바다! 바다가 좋아.' 하며 명랑하게도 웃는다.

이런저런 생각들을 썰물처럼 흘려보내는 동안
네가 궁금해하던 산과 바다를 여럿 스쳐 보내고
네가 좋아하는 진짜 바다에 도착했다.

폭폭 내딛는 걸음마다 발을 잡아당기는 모래를
이겨내며 무겁게 무겁게 해변에 다다랐다.

발등에 묻은 모래를 툴툴 털어내며 너와의
기억도 털어내려 다짐했다.

탁 트인 바다는 거기에도 있었고 여기에도 있지만
너는 그 어느 곳에도 없다.

바다는 너 없이도 여전히 반짝이고 보란 듯이 잔잔했다.

너를 안아주던 나는 더 이상 큰 바다가 아니고
나를 끌어당기던 파도도 이젠 네가 아니다.

일렁일렁 반짝이는 물빛에 눈이 시려 두 무릎 사이에
얼굴을 파묻고 한참을 숨죽여 흘려보낸다.

그때 산인지 바다인지 물었을 때 '나도 바다' 라고
대답해 줄걸. 그랬다면 너는 더 많이 웃었을까.

인어공주

hj는 내가 무척 사랑하던 두 글자를 섞은 단어이다
h와 j.
그만큼 너는 그 두 개를 채운 완벽한 사람 같았다

나는 빛의 속도보다 빠르게 너에게 빠져들어 갔고
소리보다 빛이 더 빠른 걸 알고 있었지만
소리보다 강하진 않았나보다

파도 소리에 집어삼켜져 버린 나는
쓸쓸한 모래알만 남는다
아무리 목소리를 내도 끊임없이 들어오는 물살에 막
히고 만다

흰색보다 파랗고 투명한

윤슬처럼 아름답게 자신의 빛을 또렷이 내뿜는 무언

가를 보면 그 아름다움에 압도되어

내가 너무 흑백 같아서

옆에서 바라보는 내가 모노톤 같아 초라해진다

마치 파도 위 물거품처럼

바다에게 바라다

저 바다에 수많은 소리
타인을 향한 그리움과 외침으로
가득 찬 바닷소리

넘을 수 없는 역동의 파도에게
모든 것을 휩쓸어 가버리는 파도에게
푸르고도 무서운 파도에게
그럼에도 불구하고 바라본다.

잔잔히 내 발등 위로 올라와 어루만져 달라고
서서히 밀물처럼 들어와 한없이 날 포용해 달라고
어느새 붉게 물든 저 바다에게 외쳐본다.

편지

그런 거였어(내가 나에게 띄우는...)

나는 어릴 적부터 편지를 많이 썼었지

친구와 주고받던 편지부터 한 때 펜팔이 유행했었던

그 시절

얼굴도 모르는 낯선 친구에게 쓰는 손 편지와 좋아하

는 가수와 배우에게 보낸 수많은 팬레터까지

참 많은 편지를 썼었다.

처음에 편지를 쓰기 시작했을 때는 단순히 멀리 떨어

진 친구와 안부와 시시콜콜한 이야기를 주고받는 그

런 거였지. 그러다 우연히 그 시절 유행했었던 펜팔이

라는 걸 하다 보니 설렘과 답장을 기다리는 기다림이

나쁘지 않은 그런 거였어.

어느 순간 자연스럽게 펜팔이 끊기고, 사춘기 때 연예

인한테 푹 빠졌을 때 처음엔 소속사로 팬레터를 엄청
나게 보냈었지,

또 그러다 어느 날 우연히 서점에서 하이틴 잡지를
보다가 독자 코너 팬레터 쓰는 난이 있길래 호기심으
로, 잡지사로 팬레터 써서 보냈었는데 말이지 다음 호
잡지 독자 코너에 내 팬레터가 실려 있었고, 처음엔
어리둥절하고 마냥 신기했었다.

그렇게 여러 잡지사 독자 코너에 내가 쓴 팬레터가
여러 번 실리다 보니 편지를 자주 쓰게 되어 자연스
럽게 편지에서만 느낄 수 있는 감성과 편지의 매력에
푹 빠져 살았던 것 같다.

예전만큼은 아니지만, 그때 그 시절에 느꼈던 편지의
감성이 좋아서….

누군가에게 마음을 전하고 싶을 때는

점점 디지털화되어 가는 지금도 가끔 손 편지를 쓰곤
한다.

요즘 MZ 세대들은 공감을 못하겠지만, 디지털에서는 느낄 수 없는 아날로그 감성과 정감이 있는 손 편지가 여전히 좋다.

문득 생각해 보니 그렇게 많은 편지를 썼음에도 불구하고, 정작 내가 나에게 쓰는 편지는 단 한 장도 없었다.

그 이유가 뭘까 생각해 보니
내가 나를 사랑하지 않아서도 아니고, 내가 나를 죽도록 미워해서도 아니고, 그냥 내가 나에게 그 무엇도 하기 싫었던 건 아니었을까 하는 생각이 드는 지금, 이 순간

내가 나에게 띄우는 짧은 편지를 쓰려고 한다

내가 나를 사랑하지 못하고
끊임없이 미워할 수밖에 없는 나일지도
나만큼은 나를 이해해 주며, 아주 가끔은 나를 안아줄

수 있는 나였으면 좋겠어.

내가 나를 사랑하지 못하고, 죽도록 미워하고, 원망만
해서 미안해

부디 내가 나를 버리는 그런 날은 오지 않길 바라며,
앞으로도 잘 부탁해~

너에게 편지

지는 해가 아쉬워 뜨는 달을 보지 못했다

잠시나마 떠나는 네가 미워 사랑했던 우리를 잊었다

그때의 그 숨결 위에 타고 와닿든 감정

말로는 기억해 내지 못하는 그 내음

돌아서면 잊힐까 반듯이 서 널 향한 내 모습

서서 지켜보고 눈으로 널 가둬두고

그렇게 난 널 지키듯 소유한다.

내 마음을 종이배에 실어

옅은 풀냄새와 흩날리는 머릿결
홀린 듯 멈춰 선 곳

꿈결처럼 스쳐 간
계절은 오고
또 지나갔다
그늘에 피워
낸 눈웃음이
속삭이듯 내게
스며든 탓일까

희미해져 가는
그 순간도

찬란히 반짝였지

밀려오는 그리움을 종이배에 담아
연못에 띄워 보냅니다
종이배는 정처 없이
새벽녘 샛별을 벗 삼아
이제 떠나갑니다.

편지

가을

바람을 타고 날아온

편지봉투 속 글자들이 떨어진다

허공으로 쏟아지는 아야어여가나다라

아이들 어깨 위로 툭툭 떨어지는 저, 자음과 모음

사르르 햇빛에 녹아든다

편지야,

내 마음도 전할 수 있겠니

살아 있는 동안

누군가로부터 눈물을 배우고

누군가로부터 아픔도 느꼈던

그 사연,

써도 써도

다 끝내지 못한

저 편지,

그 뒤로

배가 불러 떠나질 못했다.

잔인한 너에게 쓰는 편지

너는 잔인하다. 이 말 밖에는 표현할 수가 없다. 더 럽게 나쁘지만, 또 더럽게 매력적이라서, 아직도 나를 n년 전 그때로 돌려놓아 버린다.

유튜브에서 우연히, 그때 네가 나에게 보내줬던 노 래를 들었다. 네가 보내주기 전에 나도 들었던 노래였 다. 그 가수의 처음이자 마지막 곡이 되어버린 두 곡 을 다 듣고 나니 네가 내게 불러주었던 노래가 생각 났다.

노래는 오래 남는다. 특히나 사랑하는 누군가가 나 만을 위해 불러준 노래는 더더욱.

헤어지고 얼마 되지 않았을 때 아르바이트하다가 그 노래가 흘러나온 적이 있다. 나는 하던 일을 멈추고 좌절할 수밖에 없었다. 정말 거짓말처럼, 세상이 멈춘 듯했고 내 귀에는 그 노래 말곤 아무것도 들리지 않았다. 마치 몇 년 전 드라마 별에서 온 그대에서 도민준이 능력을 써서 시간을 멈췄을 때처럼 모든 게 멈춘 것만 같았다.

거짓말을 못 하는 줄 알았던 네가 나에게 숨겼던 가장 큰 것을 알아버렸을 때도 있었다. 그것조차도 나는 아무 말도 할 수 없었다. 너는 일방적으로 무시하기만 했으니까. 결코 받아들이는 일 없이.

내가 너를 이젠 하나의 종교처럼 바라보는 걸까 겁난다. 너를 다시 보고 말겠다는 욕심으로, 너에게, 네가 알게 모르게 피해를 주고 있는 것 같기도 하다. 그렇지만 이미 연락이 끊겼고, 그 후로 너를 내 목표로 삼고 그 원동력으로 삼는 것이 과연 이기적인 것일까. 어차피 네가 알 리 없으니, 상관없으려나.

상처를 남기기도 했지만, 아름다웠던 순간이 집착되어, 나를 영원히 그때로 돌려놓는 것 같기도 하다. 어쩌면 그걸 즐길 수도 있을 테지. 무엇에든지 확신이 없지만, 이것 하나만은 확실하게 말하고 싶다.

나는 너를 만나러 갈 것이고 불안정한 네가 그때까진 버텨줬으면 해. 살아있는 너를 마주하고 싶을 뿐이니까.

보고싶은 당신이 그리워 쓰는 편지

오랜만입니다

잘 지내셨나요

문득 생각이 나 이렇게 몇 자 적어봅니다

우연히 당신 사진을 보았습니다

그 전날에는 오랜만에 당신 꿈도 꾸었지요

그립고 그리운 그때가 생각이 나더군요.

당신에게 특별한 사람이 되고 싶다 말했었지요

그러나 역설적이게도, 당신이 제게 특별한 사람이 되

어버린 듯합니다

저는 아직도 당신을 그립니다

멀리서나마 늘 지켜보고 있었습니다

그동안 어떻게 지냈는지 참으로 궁금합니다

허나 섣불리, 다가갈 수 없어 아쉽습니다

혹여나 그때 그 시절 우리의 추억마저 망칠까 두렵기
때문입니다
지금까지도 당신을 잊지 못하는 제가
당신에게 잊혀질까 두렵습니다
제가 당신을 생각하는 것의 반의반의 반만이라도
저를 생각해 주십사, 하고 바란 적도 있었지요
마냥 행복하지만은 않았던 그때가,
나를 이해하지 못하던 당신이,
시리도록 아프던 그 시절이, 그립습니다
이렇게 오래도록
저는 아직도 당신을 그리고 있습니다.

말할 수 없는 사랑을 간직한 편지

좋아하는 사람이 생겼다는 너의 말에,

세상을 다 가진 듯 기뻐하는 너의 그 표정을 보면서,

무언가에 찔린 듯 아파하는 속이 찌르르 느껴오는 걸

애써 무시한 채, 네게

행복하냐고 물을 수는 있었지만

행복하라고 말할 수는 없었던 나야.

나를 돌아볼 생각도, 미처 내 마음이 어떤지 알려고도

않았던 너,

너를 향한 마음을 애써 꼭꼭 숨기고

어떤 감정을 어떤 마음으로 내가 품고 있는지

아마 몰랐을 테고, 절대 그러리라고 상상조차 하지 못

했을 너에게는

나는 한순간도, 단 한 번도 당당할 수 없었어.

무엇 하나 자신 있게 행동할 수 없었어.

하다못해 그런 척조차 그럴듯하게 못 했어. 그렇게

나를 한 번도 봐준 적 없던 너였지만

나는 너를 아주 좋아했고, 아주 사랑했고, 지독하게

아꼈어.

어쩌면 나 자신보다도 더 소중하게 여겼었어.

아마 너는 몰랐겠지만.

사실은,

몰라야 했고 모르길 바랐어. 이 감정을 들켜선 안

됐어.

누군가는 손가락질하고, 욕하고

꼭 한 순간의 일탈로 치부할 것들이었기에

절대 들키지 않으리라, 꼭꼭 숨길 것이다,

누구에게도 보여주지 않겠다고 다짐했었거든.

그럼 반대로 너는 어떨 것 같아?

내가 누군가를 좋아하게 되었다면

그래서 너를 떠나야 한다면, 네 곁에 더는 있어 줄 수
없다면

넌 어떻게 행동할 거야? 넌 어떻게 하고 싶을 것 같니

아니면 혹시나, 내가 너를 좋아한다는 걸 네가 알게
된다면

만약 그런 날이 온다면 너는 나를 떠날 거니?

그걸 알고도 차마 내 곁에 있을 수 없어서?

그런 내가 싫고 버겁게 느껴질 테니까?

이 순간에도 넌 망설여, 어떻게 대답할지 몰라서

그리고 너처럼 나도 망설여. 그런 너의 대답을 기다리
면서

그저 상상이고 하나의 가정일 뿐인데도 말이지

하지만 그렇게, 상상 속에서조차도 망설이며

날 상처 주는 너에게도 좋은 사람이 찾아와준 것에
감사할게.

네가 좋아하는 사람이니까 분명 좋은 사람일 거야.

그 좋은 사람이 널 아프게 할 일은 없었으면 좋겠다.

지금도 이렇게 너의 행복을 비는 내가 조금은 비참해 보일지도 모르겠어.

그런 생각이 들면서도 네가 행복하다면 그걸로 됐다는 생각이 들어.

나를 잘 아는 사람들이 종종 나더러 넌 너무 바보 같을 정도로 착하다고, 그런 말을 했던 게 생각이 나. 아마 너도 그런 적이 있더랬지.

그게 기억이 나는 걸 보니까 아마 나 스스로도 이 상황이,

이러고 있는 지금의 내가 바보 같을 정도로 한심하다고 느끼나 봐.

그 사람 얘기하는 너 정말 행복해 보이더라.

내 곁에서 웃었던 것들과는 비교도 안 될 만큼

그것들과 그 순간이 마치 거짓 같은 장난처럼 느껴질 만큼

햇살처럼 밝은 웃음 덕에 나까지 기쁘면서도 시릴 정도로, 아팠어

하루하루가 지날수록 시간이 흐르면 흐를 수록
타들어만 가는 내 속을 전혀 모르는, 알 길 없는 너의
곁에서
난 날이 갈수록 내 마음이 썩어들어가는 줄도 모르고
항상 웃었어 그것조차도 기뻤어.
네 곁에서 그나마 내가 할 수 있는 일이 있다는 사실이.
그렇게 웃어서 어느 순간부터는 진짜 나를 모르고
의도치 않게 상처 주는 네 말에 아픔도 못 느끼고
어느 순간부터는 울 수도 없게 되어 우는 법조차 잊
어버렸던 내가
네 곁에서 난 항상 주인공이 될 수 없다는 걸 깨달은
단지 그냥 조연일 뿐인 내가
이제는 내 곁에 있을 수 없는 너에게 더는 참지 못하
고 고민하다가 이렇게 편지를 써.

물론 나는 알아. 내가 이걸 절대 보낼 리 없다는 걸
그 정도로 나는 용기 있는 사람이 아니거든
겁 많고 소심해서, 그렇게 오랜 시간을 네 곁에 있었

음에도 깊게 간직해온 마음조차 꺼내 보이지 못하고
널 보내고 있을 정도니까, 난.
그래도 고마웠어, 내 곁에 있어 줘서
이런 내게 친구가 되어주고 지금까지 친구로 남아주
어서 참 고마워
내가 누군가를 이렇게나 사랑할 수 있다는 걸 알게
해 준 너에게 참 감사해
잊지 못할 거야 어쩌면, 아마 평생이 가도
미안했어, 친구라는 이름의 가면을 쓰고 연기하며 우
정 뒤에 숨어
끝까지 비겁해서, 마지막까지 솔직하지 못해서
그러니까 이젠 그런 사랑을 하게 해준 너를, 그 사랑
을, 보내줄게
그리고

잘 가. 많이 사랑했어, 정말

보내는 편지에 오늘날의 계절을 담아봅니다

2024년 06월 08일 이 편지를 쓰는 날의
계절을 담아보려 합니다.

여름이라기엔 노랑과 빨강의 쨍함이 적고
아직 봄이라기엔 푸른빛이 만연합니다.

제가 말하는 계절은
한 줌의 모래와
작은 약통에 든 바닷물과
아이들이 분 비눗방울과
책에 놓였으면 안 됐을 이파리
설명하기엔 부족하지만
제가 말하는 계절입니다.

내일은 내일의 계절이 있지만
편지를 보내지는 않을 예정입니다.

그냥 단순히 문득 당신이 생각나서 보내는 겁니다.
오늘날 오늘의 계절을 담은 편지를

보고싶은 할아버지

할아버지 잘 지내시죠?

우리 마지막으로 같이 여행 갔던 계절이 돌아왔네요. 지금처럼 날씨가 조금씩 더워지기 시작했죠. 용의 면회 가는 길 차 안에서 무슨 대화를 나눴었는지 잘 기억이 안 나요. 그 여행이 함께하는 마지막 여행인 줄 알았다면 더 많은 이야기를 나눴을 텐데…. 고성에 도착해서 용의를 만났을 때 할아버지가 활짝 웃으셨던 기억만 나네요. 금쪽같이 예뻐했던 손자 면회 가는 길 할아버지 마음은 어땠을까요. 속초 바다에서 같이 사진도 찍었고 군복 입은 손자를 한참이나 쓰다듬기도 하셨죠. 그때 먹었던 도미회는 살면서 먹었던 회 중에서 제일 맛있었던 것 같아요. 생각해 보면 이미 그때도 할아버지가 평소와 아주 달랐어요. 한참 시

간이 지나고 엄마 아빠는 일찍 알아채지 못했던 게
못내 아쉽고 속상하다고 했어요.

　한동안은 15일이 되면 할아버지 생각이 났어요. 매
월 15일은 할아버지가 우리 집에 오셨던 날. 멋지게
양복 입으시고 중절모를 쓰고 멋쟁이 지팡이 짚으시
면서 수원에서 종로로 나들이를 가시던 길에 들르셨
잖아요. 15일에 연금을 받으시면 늘 저랑 용의한테 용
돈을 주셨죠. 그게 얼마나 우리를 많이 생각해서 신경
쓰신 일인지 그때는 몰랐어요. 너무 철이 없고 어렸
고…. 마흔이 다 되어가니 할아버지 마음을 조금은 알
것 같아요. 그런데 할아버지가 곁에 없으니 더 생각이
나고 그리워지는 거겠죠. 지금도 종로에 가면 할아버
지들이 많아요. 예전이랑 분위기가 많이 달라지긴 했
지만, 국가유공자 배지를 달고 계신 분들을 보면 할아
버지 생각이 나요.

　할아버지가 처음 구로에 있는 우리 집으로 오셨을

때도 실감이 나지 않았어요. 그냥 평소 우리 할아버지 같았는데 하루하루 시간이 지나면서 직접 느끼게 됐죠. 갑자기 할아버지가 없어지셔서 엄마 아빠가 난리가 났었잖아요. 한참 시간이 지나고 연락이 왔는데 할아버지가 수원 원래 사시던 집으로 가셔서 문 앞에서 기다리고 계셨다고 했죠. 지금도 신기하고 궁금해요. 대체 어떻게 가신 거예요? 엄마는 할아버지가 수원 집에 가셨던 것 보다 소방서에서 연락을 받았을 때가 더 걱정이 되셨다고 해요. 수원집에 연락을 해봤더니 안 계셨고 동네를 한참 찾아봐도 안 계셨대요. 진짜 큰일이 났다고 생각하셨죠. 그러다가 소방서에서 연락을 받고 오류역으로 달려갔잖아요. 거기서 아무것도 모르는 표정으로 엄마를 해맑게 바라보던 할아버지를 만났을 때 눈물이 왈칵 쏟아졌대요. 그렇게 거의 몇 시간을 탈진한 상태로 헤맨 후에 할아버지를 만났죠. 엄마는 할아버지랑 빨대 꽂은 바나나우유 하나씩 마시면서 집으로 돌아오는 전철에서 이별하게 될 언젠가를 실감하셨죠.

언젠가부터 할아버지가 엄마를 사회복지사 선생님
이라고 부르기 시작했어요. 세상에서 제일 귀하디귀
한 큰아들 철수를 봐도 그냥 지나가는 아저씨 정도로
생각하셨죠. 아빠는 할아버지가 아빠를 잊어가는 게
정말 마음이 아팠대요. 그런 할아버지가 마지막 순간
까지 큰손녀 제 이름을 잊지 않으셨다는 게 지금 생
각해도 신기한 것 같아요. 어느 날 외출하는 저를 비
밀스럽게 손짓하시면서 부르셨잖아요. 무슨 일인가
싶어 조심스럽게 할아버지한테 갔더니 지갑에서 만
원을 꺼내서 외출하는 큰손녀 맛있는 거 사 먹으라고
용돈을 주셨죠. 달력을 보니 15일이었어요. 그리고 할
아버지에게는 하루하루가 15일이 됐죠. 나가는 저에
게 매번 만 원씩 주셨고 저는 그걸 엄마한테 드리고
엄마는 그 용돈을 모았다가 할아버지에게 드렸어요.
이것도 우리 가족만 아는 추억이 됐네요.

언젠가 할아버지를 보내드릴 날이 될 때 입을 수도
있으니까 준비하자며 엄마가 사줬던 까만 기모 후드

티가 있었어요. 옷을 받은 지 두어 달 지났을까요. 한 번도 그 옷을 입지 않았어요. 왜인지는 모르겠어요. 딱히 분위기가 안 좋은 옷도 아니었고 평범한 옷이었는데 그냥 옷장에 넣어두고 입지 않았던 것 같아요. 그러던 어느 날 학원을 가는데 그 옷을 그냥 입게 됐던 것 같아요. 딱히 이유도 없었어요. 그날은 눈이 참 많이 왔어요. 흔치 않게 서울에서도 눈이 무릎까지 쌓였죠. 할아버지가 돌아가시던 그날 그렇게 할아버지와의 인사가 마지막이 될 줄 알았다면 꼭 안아 드렸을 거예요. 너무 평소와 같았고 여느 때와 비슷한 하루의 시작이었기에 그 평범한 날 할아버지와 이별하게 될 줄은 몰랐어요.

할아버지가 돌아가시기 전에 폐암으로 거의 움직이지 못하셨잖아요. 그날 엄마가 안방에서 전화 통화를 하고 나왔는데 거실에 이불을 곱게 펴고 누워계셨대요. 몸을 잘 움직이시지도 못하셨는데 방에서 어떻게 거실로 나오셨나 너무 신기했다죠. 그래서 평소 같앉으면 추우니 방으로 모셨을 텐데 아빠가 돌아오실 때까지 기다렸대요. 너무 신기하고 기분이 좋아서 아빠에게도 보여드리려고요. 그렇게 아빠가 집에 문을 열고 들어왔을 때 첫 마디가 "아버지 어떻게 나와계셔?" 였다고 하니 엄마·아빠가 어떤 마음이었을지 짐작이 가요. 평소 같았으면 아빠가 바로 운동하러 나가셨을 거예요. 그런데 그날 엄마가 아빠한테 "여보 아버지 목욕 먼저 시켜드리고 가요."라고 말했고 아빠는 기꺼이 그렇게 할아버지 목욕을 시켜드리고 운동을 가려 했대요. 그렇게 할아버지가 아빠 품에서 돌아가시게 됐죠. 할아버지 사랑하는 큰아들 기다리셨던 거죠?

할아버지, 저는 지금도 할아버지만 생각하면 눈물이 나요. 할아버지가 돌아가시기 직전에 유일하게 드셨던 딸기를 보면 할아버지 생각이 문득 나고요. 한국전쟁 참전용사들 얘기가 나오면 할아버지 지팡이가 생각나요. 그리고 마지막으로 함께했던 우리 집에

서의 시간도 너무 생생하거든요. 그 사이에 할아버지 큰 손녀는 회사에 취직도 결혼도 했어요. 현충원에 인사 갔던 손주사위 기억하시죠? 아마 할아버지가 계셨다면 정말 많이 이뻐하셨을 거예요. 저는 잘살고 있어요. 할아버지도 그곳에서는 건강하셨을 때 그 모습으로 잘 지내고 계셨으면 좋겠어요. 아프시지도 않고 우리도 다 기억하고 계실 거라고 믿을게요.

할아버지, 정말 많이 보고 싶고 사랑해요.
손녀딸 유리

Y에게

오늘 하루도 행복했니?

Y, 오랜만이야. 잘 지냈는지 모르겠네. 아마 내가 아는 너라면 누구보다 잘 지냈을 거야. 그동안 많이 보고 싶었어. 어떻게 지냈니. 부침이 있는 삶은 아니었길 바라.

요즘의 나는 책 출간을 앞두고 바쁜 하루하루를 보내고 있어. 회사에 다니면서 퇴고를 하느라 새벽까지 글을 읽으면서 원고를 고쳐. 책에 운동을 열심히 해야 한다고 썼으면서 바빠서 운동을 쉬고 있다니 이렇게 아이러니할 수 있는 건지 모르겠어(웃음). 직장인 12년 차가 되어가니 주변에 쉬는 사람들이 왜 이렇게 부러운 걸까? 없던 번아웃까지 만들어가며 괜히 백수가 되고 싶은 지경이야. 그렇지만 잠시도 쉬지 못하는 천성을 거스를 수는 없겠지. 언제나처럼 여행 일정이 빼곡해. 올해도 쉴 새 없이 매달 여행을 준비해 뒀어. 너는 어때? 너도 여전히 여행을 좋아하고 떠나는 걸 좋아하고 있니?

   Y, 너는 지금 어떤 생각을 하고 있니? 여전히 새로운 것을 좋아하고 뭔가를 배우려 애쓰고 노력하고 있었으면 좋겠다. 긍정적인 생각을 주변에 나누고 사람들로 하여금 뭐든 할 수 있다는 용기를 줄 수 있는 사람이 되어있겠지? 너는 나를 어떻게 기억하는지 궁금하다. 나는 여전히 서툴지만 뭐든 열심히 하려는 마음을 갖고 살아가는 중이야. 일단 뭐든 해보고 결정하자는 삶의 모토를 잊지 않고 있어. 때론 실패하기도 하고 생각만큼 잘 이루지 못하기도 하지만 그래도 한 걸음씩 잘 나아가는 중이야. 너의 기억 속에 나도 뭐든 열심히 하는 사람이었길 바라.

Y, 지금도 너는 꿈을 꾸고 있겠지. 무슨 꿈을 꾸더라도 절대 포기하지 마. 내가 아는 너라면 생각하고 있는 그 무엇을 반드시 이룰 수 있을 거야. 지금의 내가 그렇듯 고민의 시간이 있겠지만 반드시 해낼 수 있으니까 무슨 고민을 하든지 절대 포기하지 말고 꿈을 이루기 위해 노력하렴. 매일 들고 다니는 스타벅스 카드에 적은 문구 기억해? "Seize the day" 오늘을 꽉 붙잡아. 너의 현재는 과거, 미래 그 어떤 순간보다 중요하니까.

아마 잘하고 있겠지만 Y, 스스로를 사랑하는 걸 잊지 마. 내가 지금의 나를 아끼듯 너 역시도 너를 무엇보다 가장 소중하다고 생각하며 아껴줬으면 좋겠어. 자신을 사랑하는 것 보다 이 세상에 중요한 건 없어.

그리고 마지막으로 네 곁에서 너를 지지하고 응원해 주는 주변 사람들을 소중하게 여겨줘. 가족, 친구, 사랑하는 이들과의 연결은 네 삶의 큰 부분을 차지할 거야. 그들과의 소중한 시간을 보내고, 서로를 이해하고 지지해 주는 것은 중요해. 어려운 순간에는 반드시 그들이 너와 함께할 거야.

지금까지 열심히 사느라 고생했어. 잘 살았어. 지금처럼만 앞으로도 힘내서 잘살아 보자. 너의 모든 삶의 역사를 응원해. 사랑한다.

30년 전의 Y로부터

1. 박수민(Mellamo)

바다에서

—에게

'바다를 볼 때, 어디를 봐?'

바다에 올 때면 모두에게 이 질문을 던져 봐. 그러면 돌아오는 답이 다 다르거든. 혹자는 물결에 비치는 햇빛을, 발치에서 부서지는 물살을, 저 멀리 끊이지 않는 지평선을, 그저 하염없이 움직이는 파도를 본다고 했어. 사실 처음 이 질문을 할 때는 이렇게 많은 답변이 나올 줄 몰랐어. 나는 제법 어리석어서, 모두가 나 같은 줄 알았거든. 모두 나처럼 해변으로 달려와 부서지는 파도의 몸짓을 보는 줄 알았어. 나는 그 움직임을 보고자 나는 바다를 가기 때문에. 그래서일까, '지평선'이라는 아기 악마의 답변이 내겐 신선한 충격이었던 거 같아. 그전까지 나는 단 한 번도, 바다의 끝자락을 볼 생각을 안 해본 거야! 그저 끊임없이, 저 파도만을 바라본 거야. 저 파도가 어디서 왔는지를 본 적이 없는 거지. 그래서 이번에는 지평선을 한 번 봐보았어…. 해가 조금 내려간 채 저녁노을이 질락 말락 하는 그 순간의 하늘을 알아? 살짝 노란 끼가 돌다 그 위에 분홍빛, 자줏빛, 그리고 어둠을 예고하는 빛 바랜 파랑까지. 그 하늘을 바라보다 시선을 내려 저 멀리 지평선을 바라봤어. 그 순간 왜 아기 악마가 지평선을 본다고 했는지 이해해 버렸어. 저 하늘의 빛을 살짝 머금은 채 끝나지 않을 것처럼 이어져 있는, 마치 하늘과 하나 된 듯한 저 바다의 끝자락(아니, 사실 끝이 아니지)이 정말 아름다웠거든. 바다에 비친 노을빛 윤슬이 오색을 자랑하며 일렁이고 또다시 이어져 하늘의 구름이 되고. 이런 시선의 향유를 놓치고 살았다니… 손해 본 기분이 들지도 모르겠어.

그래도 여전히 나는 파도가 제일 좋아. 이건 어쩔 수 없어. 나는 바다는 파도라고 생각하는걸. 저 멀리서 천천히 윤슬을 이끌고 다가오던 파도가 서서히 몸

집을 부풀리며 하얀 물거품과 그 아래 품을 만들어내고, 곧이어 모든 걸 삼켜버릴 듯 모래를 쓸어가는 그 모든 움직임을 사랑하지 않을 수 없어. 파도가 '부서진다'라고 하잖아. 이 동사가 참 묘한 거 같아. 부서진다? 보통 부서진다는 건 부정적인 의미로 많이 씌잖아, 그래서 나는 다르게 말해보고 싶어. 파도는 부서지는 게 아냐. 파도는 찬란하고 포근하게, 그 안에 모든 걸 감싸주는 거야. 안아주는 거야. 저 파도는 매서워 보이기도 하지만 동시에 그만큼 모든 걸 포용하고 담아줄 것도 같은걸. 그래서 나는 파도가 '품어준다.'라고 말하고 싶어.

나는 파도의 품에 들어가고 싶은 걸까? 파도에 먹혀-아니 안겨, 저 바다와 하나 되고 싶은 걸까? 그런 걸지도 모르겠어. 예전에 엄마가 얘기한 적이 있어. 내가 바다를 보고 있는 뒷모습이 불안하다고, 마치 저 안으로 들어갈 거 같다고. 사실 엄마의 눈이 정확했지. 나는 저 파도라면 나를 품어줄 수 있을 거로 생각했거든. 이런 나라도, 뭐든지 감싸안아 주는 저 바다라면 받아줄 거로 생각했거든. 아니, 지금도 그렇게 생각해. 여전히 나는 바다가 되고 싶어. 파도의 품에 안겨 저 바다가 되고 싶어. 모래사장에 서서 가만히 물살을 맞이하다 보면 내 발이 점점 모래에 잠기고 더 깊숙이 박히게 되는 걸 느낄 때가 있어. 난 그 순간이 좋아. 마치 내가 바다에 박힌 하나의 나무가 되는 거 같아서. 마치 내가, 좀 더 바다에 가까워지는 거 같아서. 지금이라면, 바다가 될 수 있을 거 같아서.

아니야, 죽고 싶다는 말과는 조금 거리가 있어, 이제는. 그냥 나는, 내가 돌아갈 곳으로 바다를 정한 것뿐이야. 나의 품은 바다인 거 같아. 내가 지치고 힘들 때, 무너져버릴 때, 항상 나는 고향을 찾아 날아가는 철새처럼 바다로 돌아가. 바다를 좋아하고 애정하는 걸 넘어, 나는 바다로 돌아가고 싶어. 이상한 생각은 아니지 않아? 우리는 모두 저 먼 옛날에 바다에서 왔는걸. 그러니 바다의 품에 안겨 하나 되고 싶어 하는 이 마음은, 어쩌면 우리 안에 새겨진 당연한 본능일지도 모른다는 거지. 그래서 나는, 언젠가 내가 바다로 돌아가는 날이 올 거라고, 그렇게 생각해.

　그래서 있잖아, 할머니. 우리 바다에 가서 누가 불러도 안 나오고 가만히 앉아 있던 그날처럼, 그저 하염없이 바다를 보자. 네게 소원이 하나 있다면, 무엇이든 이뤄질 수 있다면, 할머니와 다시 한번 바다에 가는 거야. 그날은 꼭, 그냥 바다가 되자.

　바다에 가자.

　영원한 할머니의 강아지가,

　바다에서

1. 이아진

아직, 너를

사랑이란, 두 영혼이 우연히 만나 하나가 되는 찰나를 뜻한다. 그 순간이 지나면, 우리는 다시 각자의 길을 걷게 된다. 그러다 문득 고개를 돌려 뒤를 돌아보는 사람이 있다. 그게 바로 나다.

낡은 휴대폰을 켜다 그리운 이름과 마주쳤다. 시간의 흐름 속에 묻힌 그 시절, 그 순간과 마주하는 건 아픔뿐이다. 잊힌 기억이었는데, 머리를 맴도는 건 왜일까. 한 마디, 한 마디부터 떠올릴까….

"겉치레에 빠져 살다, 사랑을 놓쳐 버렸어."
예아가 짧게 내뱉었다.
어둑한 호텔 방, 살짝은 축축한 침대 끄트머리에 기

대앉아 담배 연기를 내뿜는 그녀의 뒷모습을 바라보고 있었다. 가느다란 연기가 그녀의 단정한 단발과 피부 곡선을 감싸안고, 은은한 빛을 반사하는 젖가슴 위로 내려앉았다. 우리는 나체로 마주 앉아, 적막 속에서 각자의 생각에 잠겨 있었다.

누구나 마음 한 켠에 품어둔 여자가 있을 것으로 생각한다. 내게는 예아였다. 고등학교에서 처음 마주쳤을 때, 언젠가 그녀와 사랑에 빠질 것 같았다. 짝사랑에서 비롯된 막연한 바램은 아니었다. 그저 직감이었다. 사랑할 것 같은 느낌. 몸을 섞고, 서로 애무하고, 단순히 육체적 관계를 넘어서… 영혼을 어루만지는 그런 관계 말이다. 언젠가가 될 것 같았다. 물론 그날이, 이날 밤이 될 거라곤 몰랐지만.

늦은 새벽은 적당히 고요했다. 커다란 호텔 창문 너머로는 간혹 자동차의 경적이 들려왔다. 예아는 한 손을 침대에 고정해 몸을 지탱하고, 허리를 뒤로 젖혔

다. 동시에 그녀의 칼 단발이 턱선을 따라 스르르 미끄러졌다. 순간 예아의 옅은 미소가 스쳐 지나가는 듯했다. 하지만 제대로 보이지 않았다. 그녀는 그 상태로 전자 담배를 쥔 반대 손을 들어 올렸다. 그리고 천장을 보며 담배를 가볍게 빨았다. 공기가 빨려 들어가는 소리와 함께 연기가 그녀의 입과 코 사이로 빠져나왔다. 전자 담배의 배터리가 얼마 안 남았는지, LED가 나오는 구멍으로 빨간빛이 깜빡였다.

이때 난 예아에게 한 가지 묻고 싶었다. 방금까지 미소 짓고 있었는지를 말이다. 쉽사리 입이 떨어지지 않았다. 잠시 망설이는 사이, 침묵이 우리 사이를 감싸안았다.

"겉치레에 빠져 살다, 사랑을 놓쳐 버렸어."
예아가 침묵을 깨고 말했다.
"무슨 말이야?"
내가 물었다.

"그냥, 갑자기 든 생각이야."

예아가 말했다.

나는 말없이 고개를 끄덕였다. 그리고 침대의 머리맡에 앉아, 그저 예아를 바라봤다. 내가 말이 없자, 예아는 고개를 돌려 창밖 어딘가를 응시했다.

"한준아, 나 좋아하지?"

예아가 물었다. 심장이 잠시 멈칫했다. 잠시 후 난 답했다.

"…아니." 속으로는 다른 말을 하고 있었지만. 예아는 내 대답을 듣고도 아무 반응을 보이지 않았다. 그저 창밖만 바라볼 뿐이었다. 나 역시 계속해서 그녀를 응시했다.

"그래? 다행이다."

예아가 말했다.

그 순간, 바로 그때였다. 그녀가 내게로 고개를 돌렸다. 그리고 짧게 미소 지었다. 맑고…, 순수한 미소였다. 우리는 아무것도 걸치지 않은 채, 순수한 그대

로의 모습을 하고 있었다. 난 여전히 이 시간을 간직
하고 있다.

학창 시절부터 음악을 사랑하는 마음이 같아 금세
가까워졌었다. 내게는 취미였고, 예아에게는 꿈이었
다. 그리고 연습생 때부터 큰 주목을 받은 예아는 이
미 세상에서 특별한 존재가 되어 있었다. 그녀가 아이
돌로 데뷔하고 공개 연애를 할 때도 친분은 이어 나
갔었다. 공개 이별의 끝으로 그녀는 더 많은 관심을
받았었다. '남자를 털고 일어난 아이돌 스타' 이런 식
의 칭송이었다. 그렇다고 그녀가 마냥 행복하지는 않
았던 것 같다. 그날 밤, 나를 부른 게 아마도 그 증거
일 테지. 나는 스타의 세계에서 벗어나 잠시 쉬어갈
수 있는 안식처일까, 아니면 그저 지나가는 바람 같은
존재일까. 그녀의 전화를 받을 때마다 이런 생각들이
스쳐 지나갔지만, 나는 늘 그녀의 부름에 응했다.

처음엔 혼란스러웠다. 하지만 서로의 마음이 궁핍
함을 채워주는 행위는 습관이 되어 버렸다. 우리의 비

밀스러운 관계는 한동안 지속되었다. 그리고 좋은 꿈은 오래가지 않는 법이다.

어느 날 파파라치에게 우리의 모습이 포착됐다. 여러 매체에 예아의 모습이 오르내렸고, 가슴이 철렁 내려앉는 기분이었다. 다행히 결정적인 사진은 없었지만, 죄책감이 몰려왔다. 떨리는 손으로 예아에게 메시지를 보냈다.

[미안해, 내가 책임질게] 답장은 오지 않았다. 답장 대신 다른 문장이 내게로 도착했다. 뉴스에는 다음과 같은 문장이 오르내렸다.

'친한 친구일 뿐, 사실무근이다.'
사실이고, 사실이다. 그리고 씁쓸했다. 한편으로는 그녀가 나를 애인으로 인정하거나, 적어도 연락이라도 해 주길 바라는 일말의 기대감도 있었다.

이후 우리는 더 이상 만나지 않았다. 관계는 그렇게 허무하게 정리됐다. TV 속 예아는 여전히 빛났다. 반짝이는 조명 아래 그녀는 노래하고, 웃고 있었다. 난 소파에 앉아 맥주를 마시며 그 모습을 멍하니 바라봤다.

그때 그녀의 새 노래가 흘러나왔다. 나도 모르게 따라 부르고 있었다. 목소리가 떨렸다. 그제야 그 가사의 의미를 깨달았다. 쓴웃음이 나왔다. 혀끝에 맥주의 쓴맛이 번졌다. TV를 끄자, 적막이 찾아왔다. 수많은 질문이 떠올랐지만, 이내 허공을 맴돌다 사라졌다.

내 동생 민트

민트는 나에게 친구 같은 반려견이다 .민트는 강아지 탈을 쓴 것처럼 너무 똑똑하다 민트를 처음 입양했을 때는 우리 집에 와준 게 정말 고마워서 생일 때는 생일 축하한다고 아플 때는 아프지 말라고 나는 편지와 말로 마음을 전하지만 민트는 몸짓과 눈빛으로 마음을 전한다. 편지는 많은 의미가 있다 미안해서 쓴 편지 무지개다리를 건넌 반려견에게 쓴 편지 생일 축하한다고 쓴 편지 편지는 많은 상황에서 많은 의미가 있는 하나의 의사소통 수단이다. 나도 민트에게 이런 말을 건네고 싶다 네가 우리 집에 와서 행복하다는 편지 내용 네가 나이가 들어서 언니를 기억 못 해도 너 그 자체로 소중하고 네가 있어서 행복하다는 내용 너만 보고 있으면 아무리 기분이 안 좋아도 금

방 웃음이 나온다는 내용의 편지는 아무리 써도 내 마음을 모두 다 전하기에는 편지지의 줄이 짧다 편지지의 줄이 짧다는 것을 알지만 나는 나의 소중한 동생인 민트에게 짧지만 내 마음을 전하는 편지를 쓰기 위해 내 머릿속으로 내 마음을 표현할 단어를 찾고 있다.

사랑하는 내 동생 민트야 너를 처음 데리고 왔을 때는 네가 너무 작아서 앉을 때도 무서웠어 잘못 앉으면 뼈가 부러질 것 같아서 앉는 것이 무서웠어 네가 점점 성장을 하고 네가 철없이 장난을 치는 거 네가 밥을 잘 안 먹어서 여러 가지 사료를 찾는 사료 유목민이 되었던 거 그것도 너의 어렸을 때의 모습이었는데 네가 점점 성장을 하면서 이제는 이쁜 언니가 되었지, 그러면서 너는 어렸을 때 했던 깨 발랄한 장난도 밥을 거부했던 너의 모습도 사라지고 다른 매력이 너에게 들어 왔지, 이쁜 언니가 된 너는 강아지를 만날 때 천천히 돌면서 다른 강아지의 냄새를 맡지 그리고 너의 시크한 모습인 언니가 돌아왔을 때 "왔냐"

라는 표정으로 우리 가족을 쳐다보지, 언니는 처음에 네가 안 반겨 주어서 약간 서운할 때도 있었지만 그것도 네가 가지고 있는 너만의 매력이라고 생각해 민트야! 지금처럼 항상 밝고 건강하게 오래오래 행복하게 살자 사랑해 나는 이렇게 편지를 써도 아직도 할 말이 많다 해도 내가 하고 싶어 할 말을 민트에게 전달이 '조금이라도 되었다면 나는 그걸로 만족하고 더 자주 민트에게 편지를 써줄 거라고 나만의 다짐한다. 나만의 다짐으로 민트에게 편지를 최대한 많이 그리고 최대한 자주 써주어서 내 마음을 표현한다. 박하도 내가 써준 편지를 언니가 읽어주면 잘 들어서 1%라도 언니의 사랑하는 마음 귀여워하는 마음 서운했던 마음들도 알아 더 가까워지는 자매 사이를 꿈꾸며 민트가 앞으로 남은 현생을 행복하고 꽃길만 걷기를 바란다.

반송

기다리던 편지가 왔는지, 우편함이 차 있었다
우리의 약속의 색, 파랑이었다
신나는 마음에 편지를 열자
익숙한 편지지가 보였다
수십번 내가 만지작거린 편지지였다

내가 보낸 편지가 돌아왔다

내 편지가 보기 싫었을까

우리 다시 만나면,

그곳은 어떠한가요? 그곳엔 고통도, 그리움도, 상처도 없는 곳일까요?

내가 보고 싶지 않았었나요…. 나는 너무 보고 싶었어요…. 그대 없는 삶, 공간을 견딜 수 없어 나쁜 생각을 한 것도 사실이에요.

하지만 그럴 수 없잖아요. 그럴 수 없었어요. 나중에, 나중에 우리가 다시 만나면, 나의 세상은 이러했다. 나의 세상에선

어떻게 살아왔다. 당신께 이야기해 주어야 하잖아요. 우리가 만나면 내 이야기만 할지도 모르지만, 가만히

들어주다 한 번만 안아주세요. 그 하나면 충분해요.

나는 정말 열심히 살았어요. 정말 이보다도 더 열심히 살 수 없을 만큼 열심히 살았어요. 이대로 다시 태어난다 해도 나는 이 정도로 살 자신이 없어요.

그대가 없는 세상은 이번 한 번만으로 충분하니까.

우리가 다시 만나면, 나는 가장 예쁜 꽃을 골라 처음 만난 날처럼 등 뒤에 숨겼다가 그대에게 선물할게요. 그때도 그때처럼 그렇게 미소를 지어주세요.

그럼 나는 또 당신에게 다시 사랑에 빠져요.

매일 그리움에 사무쳐요.

매일 똑같은 안부, 똑같은 말만 해도 좋으니까, 한 번만 내 앞에 나타나 줄래요? 그냥 옆에만 있어 주세요.

다가와서 내 품에 안겨주세요.

이 꿈같은 시간이 지나가면, 나는 다시 그대를 만날 날을 기다리며,

그렇게 열심히도, 무던히도 살아가겠죠. 그저 나라는 존재가 사라지지 않기 위해…

나를 먹어본 마음

정신없이 여름과 가을을 보내고 겨울을 놓아줬어. 나도 모르는 새에 품이 가득 찼더라. 뭐가 안겨 있나 봤더니 봄이었어. 따듯하고 향긋했지. 갓 나온 빵처럼 말이야. 그래서 아침에 버터로 구운 빵을 먹었어. 식감이 참 좋더라고. 언제였던가, 네가 만들어줬던 샌드위치가 떠오르기도 했어. 아무리 노력해도 네가 만들어준 그 맛은 대신할 수가 없네. 나름 솜씨를 발휘해서 만들어보긴 했지만, 바닷바람이 그새 짠맛을 데리고 왔나 영 맛이 없다. 아, 나 바다에 왔어. 나중에 같이 하자며 작성했던 우리의 버킷리스트 속에 바다에 오기도 있었잖아. 너랑은 올 수 없게 됐지만 오늘따라 네 생각이 나서 그냥 왔어. 그래서 말인데 오늘은 너를 버렸던 이유에 대해서 말해보려고 해. 이제 와 말하게 되어 유감이야.

　너는 봄 같은 사람이었지. 너의 말투 너의 온기 너의 고동 너의 향기까지 무엇 하나 봄 같지 않은 것이 없었어. 네 심장 고동은 봄을 알리는 나팔 같았고 웃을 때 보이던 치아는 목련의 봉오리 같았어. 그러고 보니 치열이 고르던 편이 아니었네. 조금 삐뚤빼뚤했지만 그게 매력이었던 거 같기도 해. 너의 그 행복해 죽겠다는 얼굴을 참 좋아했는데. 헤어지기 훨씬 전부터 너는 그렇게 웃지 않았지. 그래, 이게 내가 너를 버린 첫 번째 이유였어. 언젠가부터 네가 웃지 않았다는 것.

　두 번째 이유는 뭐였을까? 아무래도 네가 눈물이 많아서였던 거 같은데. 헤어질 때도 많이 울었잖아. 내 품에 안겨서 울고 주저앉아서 울고, 끝내 내게 등을 보이면서도 울고. 네가 그렇게 눈물이 많았던 건 내가 너를 사랑할 수밖에 없던 이유이기도 했어. 이제는 버릴 수밖에 없던 이유가 되었지만 말이야.

　헤어질 때는 나도 많이 울었구나. 나는 그게 추한 줄도 몰랐다. 너한테는 늘 예쁜 모습만 보여주고 싶었는데 화장은 번지고 눈은 퉁퉁 붓고 입술은 메말라 있었지. 내가 그렇게 울 때 너는 나를 어떻게 보고 있었니? 네가 그렇게 울 때 나는 가슴이 찢어질 듯 아팠어. 그러면 안 된다는 걸 알면서도 너를 껴안은 채 고통을 호소했지. 네 옷자락을 지푸라기라도 잡는 것처럼 붙들었던 건 그런 이유에서였어. 네 슬픔만큼 나를 아프게 하는 게 없었거든. 그래서 내가 너무 아팠거든. 헤어진 다음 날 너를 보며 아무런 일도 없었던 척, 어제 집에 들어가 거울을 봤더니 웬 추노 한 명이 있었더라도 웃으며 얘기했던 것도 추한 짓이었어. 너는 분명 알고 있었겠지. 내가 괜찮지 않았다는 것. 그래서 그날 네가 몰래 울었던 것 아니겠니.

또 다른 이유가 있었을까? 내가 너를 버릴 수밖에 없던 이유. 네가 행복해지기를 바라서였을까? 그래 맞는 거 같아. 내가 네 행복을 너무 많이 바랐어. 내 행복보다도 네 행복을 빌었어. 내 이런 바람이 네게 부담이 됐을 줄은 몰랐지. 헤어지고 나서도 나는 하루도 빠짐없이 네 행복을 빌었어. 믿지도 않는 신에게 소원을 빌 기회가 오면 그때마다 손을 모으고 네가 행복하게 해달라고 했지.

사실은, 우리에게 정해진 결말 같은 거 알고 있었어. 내가 쥘 수 있었던 건 너뿐이었고 버릴 수 있었던 것도 너뿐이었거든. 난 내가 나라는 것만으로 충분히 힘들었던 존재였기에 언제든지 널 버릴 수 있었고 그건 너도 마찬가지였겠지. 그래서 예상했어. 요즘 너무 힘들어서 연애가 버겁다고 말하는 우리의 모습, 이제 헤어질 때가 되었다고 말하며 손을 놓고 걷는 우리의 모습을 말이야. 헤어질 때가 다가올수록 애써 외면하게 되었지만 언제나 그랬듯 내 예상은 빗나가지 않았지. 우리 둘 다 많이 울었던 걸 생각하면 엄청 뻔한 결말은 아니었어. 만약 뻔한 결말이었다고 하더라도 상대가 너였기에 상관하지 않았을 거야. 이쯤에서 해도 되는 말인지 모르겠는데 생각난 김에 적을게. 우리가 그렇게 헤어졌어도 한 번도 널 미워한 적 없어. 정말이야. 내가 너를 진심으로 사랑하게 된 것만은 예상한 부분이 아니었다는 거 알고 있니? 하나만 알고 둘은 모른다는 말은 이런 걸 두고 하는 얘기인가 봐. 내가 널 그렇게 사랑할 줄 몰랐어. 하기야 지금껏 사랑이란 걸 제대로 해봤어야 알지.

내 사랑은 아주 오래전부터 형태가 온전하지 못했어. 나에게 사랑은 애정도 집착도 아닌 그저 불안이었거든. 갈구하는 것도 매달리는 것도 전부 싫어했던 나였지만 너와 함께 있을 때는 불안이 그 두 가지를 과한 형태로 표출시키곤 했지. 그래서 늘 감정 사이의 진폭이 컸어. 내 진폭 사이에는 늪이 있었고 그곳에 넌 자주 빠져 숨 막혀서 했던 것 같아. 근데 당시에는 그걸 몰랐다 내가. 행복해지고 싶었던 너에게 족쇄를 채운 사람이 나라는 걸 너무 늦게 깨달았어. 네게 힘이 되는 존재가 되고 싶었는데, 너를 조금이라도 미소 짓게 만드는 사람이 되고 싶었는데 바람만큼 넌 행복하지 않았잖아. 그 원인이 나한테 있었잖아. 그래서야. 그래서 널 버릴 수밖에 없던 거야. 너를 버리지 않은 나로서는 살 수가 없었어. 보내줘야 할 때를 훨씬 지났음에도 붙잡고 있는 게 집착이란 걸 알아서. 다정하고 눈물이 많은 네가 이런 집착 따위에 품어지고 있는 게 나조차도 분해서. 그래서 널 버렸어.

있잖아, 내가 이전에 사랑이란 걸 해본 사람이었다면 널 버리지 않았을 거야. 만약 사랑이란 걸 해봤다면 눈에 보이는 우리의 결말을 뒤엎을 방법을 찾았겠지. 그저 덤덤히 받아들일 게 아니라. 나는 그렇게 받아들이는 것만이 사랑인 줄만 알았어. 그래도 이거 하나는 장담하는데 내 방법이 매우 서툴렀을 뿐 너를 사랑했다는 건 부정할 수 없는 사실이야. 너와는 놀음 같았던 지난 연애와 분명 다른 지점이 있었어. 너를 그저 좋은 추억으로 포장하려는 게 아니라, 지금껏 만났던 애인들은 전부 별로였다고 말하려는 게 아니라 정말로 그랬어. 아…있잖아, 넌 내 첫사랑이었어. 서툴고도 끈질긴, 그리고 지독히 처절했던 첫사랑. 네가 내 첫사랑이었던 게 널 버릴 수밖에 없던 마지막 이유가 되겠구나.

아, 낙조야. 지금 편지지가 새빨갛게 물들었어. 모랫바닥에 돗자리를 펼 때까지만 해도 한낮이었는데. 편지라는 거 은근 시간을 많이 잡아먹는구나. 너한테 닿지 않으리라는 사실을 알고 있기에 조금 허무하기도 하네.

언젠가 네가 이 글을 읽게 된다면 알게 될지도 모르지만 그런 기대는 안 해. 영원히 몰랐으면 좋겠다. 그래서 이 편지도 원래 있던 그 자리에 넣어두고 꺼내지 않을 거야. 서랍 깊은 곳에 넣어둔 채 깜빡 잊어버릴 거야. 그렇게 너를 버려갈 거야. 그러니까…이제 정말 안녕이야. 네 미소가 세상을 환하게 만들었던 것처럼, 세상의 모든 빛이 네게 스며들길. 잘 지내.

.

.

아무래도 덧붙여야겠네, 나름대로 버린다고 버렸는데 남아있는 게 있었나 봐. 네가 이 글을 보고 있다는 게 그 증거야.

편지

마지막에 쓴 편지가 언제인지
기억이 잘 나질 않는다

꾹꾹 눌러 담은 진심을
알아주는 이들은 과연 몇이었을까

편지의 소중함을 아는 과거 세대로
태어났더라면 어땠을까

아무래도 난 시대를 잘못 타고난 것일까
하는 생각이 들 때도 있다

그때는 기프티콘이니 이모티콘이니 하는 선택지가
없으니
이 마음을 더 소중히 알아줬을까

어차피 써도 돌아오지 않을 거
펜을 놨다가 집었다가 하기를 반복한다

편지 외에 소통 수단이 많아진 현시대에

편지는 내게 편지 너머의 것을 생각하게 만든다.

천국 집으로 보내는 편지

듣고 싶습니다

죽음의 문턱을 넘느라 놓쳐버린 미안함에 목매인 목소리라도

세상 그 어떤 연인의 달콤함보다 더 애틋한 목소리로

"아가~" 하고 불러주시던 아빠 목소리를 들을 수 있다면

생전 한 번도 서보지 못했던 아빠만을 위한 무대에서

아빠의 목소리를 듣고 싶고

이제는 아들 둘의 엄마가 되었지만, 나만을 응원하며

"아가~" 하고 부르는 세심한 아빠 목소리를 듣고 싶습니다

보고 싶습니다.

찌그러진 짝짝이 한쪽 눈이라도
아무 조건을 요구하지 않고 하염없이 사랑으로 보아
주는 아빠 눈을 마주칠 수 있다면
희미할지언정 아빠 빈자리 가득 채우느라 눈물이 눈
부셨던 결혼식 사진 한 장 크게 보여드리고
먼 거리 너무 작을지언정 만개한 웃음을 담아드리고
싶습니다

잡고 싶습니다
구부러진 짝짝이 한쪽 손이라도
무엇이든 거뜬한 오른손으로 멀쩡한 양손 아빠 부럽
지 않도록 내밀어준 아빠 손을 맞잡을 수 있다면
체감온도 36도에 육박하는 불볕을 정면으로 마주 보
며 마른 도리깨질에 퉁퉁 부은 엄마 손 슬며시 맞잡
게 해 드리고
이제는 꿈에서도 희미해진 어린 시절에 언제든 자신
있게 뻗어준 검지 손가락을 두 손 꼭 모아 잡아 드리
고 싶습니다

말하고 싶습니다

부끄러울지라도 용기를 내어 꼭 하고 싶은 말이 있습니다

고맙습니다. 아빠

사랑합니다. 아빠

충분했습니다. 아빠

아빠가 내 아빠라서 나는 참 자랑스러웠습니다

다음 생에 한 번 더 나의 아빠가 되어주세요

그리고 그때는 40을 너머 더 오래오래 나의 아빠로 살아주세요

아빠 사랑하며 살아가는 시간을 제게도 주세요

후회 없이 아빠를 사랑할게요

PS. 사명 따라왔다가 사명 따라 살다가 사명 따라 하늘 집으로 이사 가신 내 아빠….

아빠 없는 이 땅의 걸음은 하루하루 천근만근 무거워요

아빠의 부재로 뻥 뚫린 인생 지붕은 어떤 석가래로

기워도 광풍 같은 세상 로애를 막을 수 없어 참 외로
워요.

그래도….
비록 같은 하늘 아래서는 다시 볼 수 없지만
부를 수 있는 아빠가 있으니….
기억할 수 있는 아빠가 있으니….
매일의 오늘을 넉넉히 살아 내볼 용기가 나요

아빠가 그토록 살고 싶었을 40해 인생이 벌써 몇 해
전에 지났어요….
매일매일 아빠의 존재가 내 인생에 남겨주신 사명의
무게를 달아봅니다….

온전치 못한 신체의 결함에도 불구하고 죽음의 문턱
이 될 줄 몰랐던 그날까지….
할 수 있는 최선을 다해 힘써 사랑하며 살아냈던 아
빠의 매일이

또 다른 나의 오늘을 살게 해요….

남은 자의 사명 따라….
사명 다해 살다가 사명 위해 살게요….
천국 집에 가서 우리 다시 만나요….

사랑해요. 아빠….

담고 싶은 편지

말로는 차마 전하지 못하는 말이 있다.
한 자 한 자 꾹꾹 생각하고 눌러쓰면 못다 한 말이 고
스란히 전해진다.

오늘의 나에게, 그리고 내일의 나에게
그리고 나의 모든 과거와 현재, 미래들이 모인 소중한
인연들에
한 땀 한 땀 전해주고 싶은 전하지 못한 말들이 있다.

수많은 확률을 뚫고 내 소중한 인연이 되어주어서 고
맙다고.
햇살의 싱그러움을 밝은 미소로 맞을 수 있게 해줘서
고맙다고

바람의 산뜻함에 포근하게 몸을 일 수 있게 해줘서
고맙다고.

빛나고 아름다운 내일을 매일 같이 선물해 줘서 고맙
다고
편지에 담은 내 마음이 조금이나마 전해질까.

손바닥 편지

검지를 세워 손바닥에 쓱쓱 그리면
하트 모양 편지가 완성된다.

티브이 드라마에 푹 빠져있는
엄마의 빈손에도 쓱쓱.

통통한 배를 드러내고 잠드신
아빠의 손에도 쓱.

쪽쪽 손가락을 빨던
내 동생의 작은 손에도 찌익.

이건 연필이나 편지지 따윈 없어도

얼마든지 그릴 수 있다.

틀려도 고치지 않아도 되고
답장은 그저 웃음 하나면 된다.

글자를 적지 못해도 말하지 못해도
그저 받는 이의 손바닥 하나만 있으면
편지를 주고받을 수 있다.

타닥타닥.
우리 집 강아지의 촉촉한 코도 다가와서는
내 손바닥에 콕.

촉촉한 하트 완성.

하얀 장미 여섯 송이

엄마가 집을 나서면 나는 동시에 바다로 나갈 준비를 했다. 나는 집에 혼자다. 나와 물놀이 해줄 사람은 없다. 그렇다고 혼자 바다에서 노는 것은 엄마의 과잉보호 같은 것 때문에 절대 안 됐다. 엄마가 없는 지금은 나에게 꼭 잡을 수밖에 없는 찬스 같은 거다. 나는 이 기회를 절대 놓치지 않으리라 몰래 튜브에 힘껏 바람을 넣는다.

후웁, 들숨하고 하아, 날숨 할 때마다 울렁거리는 튜브가 애석하다. 조금만 조금만 더 빨리. 엄마는 저녁 전에는 들어올 테니 나에게는 3시간 정도 바다와 함께할 수 있는 시간이 주어진 셈이다. 혹시나 옆집 할머니가 엄마한테 이를지도 모르니 할머니한테 뇌물로 드릴 고기만두 몇 개 집어다 찜기에 넣어두고 수영복을 재빨리 입기 시작한다.

내 수영 안경은 덜 멋있어서 아빠의 스노클링 안경을 잠시 빌린다. 아빠 미안! 오후 간식으로 엄마가 만들어놓은 명란 주먹밥까지 챙겼다. 준비는 완벽하다.

맨발로 모래를 밟는 것이 얼마 만인가! 나를 다치게 하려는 조개껍데기가 오늘따라 날카롭다. 조심조심 걸어 도착한 곳은 한 치 앞의 파도 거품이었다. 그토록 부르던 바다를 보니 10초 전의 망설임이 잊힌다. 반짝이다 못해 진짜 빛을 내는 것 같은 바다의 일렁거림은 두려움 따위 잊게 하기에 충분했다

바다는 햇빛에 데워져 따뜻함을 품고 있었다. 그렇다고 내 더위를 날리기에 불충분했던 것은 아니다. 파도는 내 살갗을 환히 비추고 거품으로 포근히 안아주었다. 엄마·아빠의 품속과는 또 달랐다. 뭐랄까 해방감 같은 것이었다. 바다 내음이 익숙해질 때쯤 튜브 위에 긴장을 낮춘 내 몸과 함께 눈을 붙였다. 파도의 부글거림은 자장가로 삼기에 충분했다.

얼마 지나지 않아 바다는 장난을 쳤다. 날 깨우려

흔들고, 등 뒤로 오르려고 했다. 그런 바다의 장난이 싫지 않아서 나는 깨어났는데도 눈을 뜨지 않고 버텼다. 간만의 평화로움이 너무 좋았… 아 근데 점점 세진다. 오늘따라 몸을 좀 때리는 거 같다. 파도가 선을 넘지는 못하도록 반쯤 감긴 눈으로 그만하라고 경고했다. 멈추지는 못할망정 슬슬 아파지길래 그만하라고 소리치며 못내 눈을 떴다.

꿈이었다. 나는 우리 집, 내방… 벌써 해가 졌고 엄마도 들어와서 저녁 준비를 하고 있다. 나는 공기가 반쯤 들어간 튜브를 꼭 껴안고 있었다. 나 바다에 갔다 온 걸까? 뒤척이는 나를 보고 환한 미소로 다가오는 아빠를 향해 한숨을 쉬었다. 아마 놀지 못했다는 아쉬움 반, 고작 꿈을 꾼 거 가지고 설레였던 나에 대한 헛웃음이 반 섞인 한숨이었다. 아빠는 나를 이해한다는 듯 이가 보이도록 더 환히 웃으며 날 안아준다. "바다가 그렇게나 가고 싶었어? 이번 주말에는 바닷바람 맞으러 가야겠다." 아빠의 웃음 섞인 주말 계획에 나도 덩달아 피식 웃었다. 파도보다도 더 다정한

우리 아빠의 연속적인 미소 공격에 나는 그만 아쉬움
도 서러움도 다 잊는 듯했다. 아니 이미 한숨에 다 날
려버렸는지도 모른다. 저녁으로는 우리 엄마의 전매
특허인 조개 된장국을 먹었다. 날 괴롭히려던 모래사
장의 그 녀석이 생생히 떠올랐지만 뭐 어떤가. 맛만
좋았다. 아니 잠시만 미역국이었던가?

나와 다르게 꽃은 튜브 없이도 물 위에 잘 뜬다. 바
다와 꽃의 조합이라니 평소에는 접할 수 없지 않은
가…? 아빠와 바다에 간 그날 주말의 저녁 바다는 바
다 위에 꽃이 수놓아있었다. 마치 본래 하나였던 듯이
잘 어울리는 한 쌍이었다. 바다는 장미에서 빠진 주
홍빛을 받아들인다. 빨갛던 장미는 마지막 한 방울까
지 내어주고 하얀 장미가 된다. 하얀색의 장미는 장미
그대로 혹은 꽃잎이 흐트러진 대로 바다 위에 새롭게
피어난다. 몸을 물에 담글 생각조차 하지 못하고 나는
그 조개껍데기 위에서 아픈 줄 모르고 바라만 본다.
어느새 아빠는 없었다. 등 뒤에서부터 불어오는 찬 바

람과 함께 바다의 밤도 찾아왔다. 밤의 바다는 밤바다라고 불리는데 우리 동네에서는 흑해라고도 불린다. 이름에 걸맞은 모습이다. 보는 것만으로 춥고 매섭다.

그리고 그 꿈속의 바다는, 불과 30분 전에도 내 발에 닿을 듯 말 듯했던 장미의 손짓은 또 dhsep간데없다. 그리고 들려오는 티 없이 다정한 목소리… 파도가 아니고 아빠다. 또 아빠다. 아빠는 아무것도 기억이 안 나나? 어떻게 이렇게 태연한 거지. 바다 위 장미의 모습을, 그렇게 예쁜 바다를 아빠는 기억 안 나는 척하는 건지… 진짜 안 나는 건지 모르겠다. 그런 아빠의 손을 뿌리치고 집을 나왔다. 내가 집을 나서는 순간 바닷바람이 쾅 하고 현관문을 닫았다. 그리고 줄곧 나를 바다로 이끌었다. 우리 집에서 1분 정도 걸어서 계단을 내려가면 바로 보이는 수평선이 있다. 끝이 없는 이것은 더 가까이 오라고 일렁였다. 이런 경험은 처음이었다. 뛰는데도 숨이 차지 않고 크게 웃어도 소리가 들리지 않는다. 그 순간 나는 바람에 몸을 맡긴 민들레 홀씨 같은 것이었다.

가까이 오라 하니 가까이 다가갈 수밖에. 꿈에서 봤던 장미가 이젠 그 꽃잎들을 셀 수 있을 만큼 가까이 보였다. 그리고 내 발등 위에 올라선 하얀 장미 여섯 송이.

장미들의 자태는 신기루라는 단어를 연상케 했다. 바닷속 신기루, 내가 이름 붙였다.

장미에게 다가갔을 때 장미는 내가 알던 모습은 아니었다. 바닷물 덕에 조금 쭈글쭈글하고 색은 잿빛이 감돌았다. 장미라고 단정 지었던 건 나지 진짜 장미는 아닐 수도 있는 것이었다. 무색무취의 구겨진 종이 같은 그것들을 집어 들었다.

처음으로 집어 든 것에 '셋' 희미하게, 하지만 또렷하게 한글로 적혀있다.

그 안에는 '모든 만물 동그랗게 잔잔하고 따스해. 너를 닮은 봄비를 눌러 담아 빚어냈어. 팔찌야 하며 건넬 때 예쁠까. 잠긴 목소리로 인연을 맺은 우리와 어울려.'

짧은 글이었다. 무슨 말인지는 모르겠다.

다음 장미 '스물여덟'

'언젠가는 종이 위에서 잊혀갈 연필의 서걱거림. 나는 알고 있지만 무지한 척! 그렇게 더 이상의 망설임은 없어!

'하나' 이곳에는 아무것도 적혀있지 않았다.

'둘'

'첫 페이지를 내 공간으로 채우기는 망설여져. 첫 번째 페이지를 채우는 그 순간엔 너와 함께일 거라 믿어.'

'넷, 노트가 펄럭거려. 40장 남짓 있는 거 같아. 너에 대한 글을 쓸 때면 텅 빈 마음이 채워지고 기분이 좋아. 홀린 듯 노트와 연필을 들고 써 내려가. 이번 노트가 너에 대한 마지막 노트는 아닐 거라는 희망에 금새 또 기뻐져. 너와 함께할 순간들을 그리게 돼. 어쩌다 그림이 커지면 혹여나 너에게 보일까 닿을까 하는 걱정과 바램.

그리고 마지막으로 집어 든 장미는 모양도 조금 독특하고 겉 부분에 아무 숫자도 없었다. 마지막으로 집어 든 이유다. 조심히 펼쳐보았다.

'새로운 노트를 집어 든 지 나흘째야. 버리겠다고 다짐한 이 노트의 페이지도 아닌 마지막 공간까지 이렇게 글을 쓰고 있어. 몇십번이고 다짐했는데 놓아주지 못하는 이유는 뭘까. 이제는 정말 보내줄 게 노트야. 글은 또 다른 꽃을 피우는 일이래. 나의 꽃이 되어 묵묵히 위로해 준 너에게 고마워.

그리움의 습관화

j에게 s가

닿지 않을 편지를 쓰는 습관이 있어
9명의 여인과 괴테처럼(괴테는 그런 엄청난 사랑들
을 어떻게 잊었을까 생각해 보면 글로 잊은 거 아닐
까? 이야기를 꾹꾹 눌러 담아 글에 실어 보내는 거야
봉인하듯이)

h가 읽을 거라곤 생각조차 못 하고
일기장처럼 마음을 묵묵히 담아 내려가던 곳
털어놓을 곳이 사라져서 그 빈공간에 나마 채워보던
말할 사람이 듣지 못하는 h밖에 없다는 사실에 쓸쓸
하기도 했어

그런 편지가 언젠가 한 번 보내진 기적이 있다?

이번에도 그 기적이 이뤄줬으면
어느 한 곳에 적어보고 있어 j 너에게
아니 기적을 바라기보단 여기에 마음을 대신 보관하
려고

전혀 상관없는 걸 아는데 내가 자꾸 그렇지 못해서
베인 혓바닥엔 씁쓸함만이 감돌 뿐이야

그래서 너는 지금 행복해?
나는 아직 모르겠어 내 선택이 좋은 길인지

행복해 보여
너를 볼 때마다 너무나도 이뻐서 내가 왜 놓아 버렸
을까 싶기도 해
분명 더 나은 미래를 위해 소중한 것들을 다 놓았는데
네가 너무 잘사는 모습을 보여줘서

내 마음을 꾹꾹 눌러 담아와도
멀리서나마 보이는 너의 웃음 하나에 와르르 무너져
내렸어 결국

혹시 내가 너의 인연들을 망치고 있었던 걸까
내가 너의 곁에서 사라지니
너 옆에는 왜 그렇게 많은 사람들이 생긴 건지
내 옆에는 너마저 사라지니 왜 이렇게 깜깜한지

누구보다 너의 행복을 바라면서도
네가 행복하지 않았으면 좋겠다
내가 없어서 불행하면 좋겠다
나 참 못됐지

마법사가 된다면 시간을 되돌리고 싶어
마지막으로 하루만 네가 내게 다시 사랑에 빠지는 거야
그리고 과거로 돌아가 나는 너를 좋아하지 않는 거야

밴드부 소파에서 이런 생각을 하다 가보니
어느 순간 네가 내 옆에 앉아 있었다.
공기조차 어색한 그곳에서
조심스럽게 내 손에 조금 부딪혀보는 너

아 꿈이구나 바로 알아차린다
평소라면 무지갯빛 토끼와 딸기 케이크가 사랑을 속
삭이고 결혼을 약속해도 진심으로 축하하고 있을 나
지만
내 옆에 있는 너는 너무나 현실감이 없기에

고등학교 때 진짜 죽을 만큼 좋아하던 여자애가 있었
다는 수학 선생님의 이야기를 들을 때
너랑 눈이 마주친 건 착각일까
아니면 너의 눈빛을 기다리던 나의 착시현상일까

도서관에서 망고 젤리 하나 받으려고
엉망으로 갈겨쓴 나의 글을 뽑은 건

대체 어떻게 생각해야 해 이해할 수 없는 세계야

그리움의 습관화가 진행 중이다
이제 더는 내가 너를 그리워하는 건지
아니면 오래된 습관처럼 그리움을 삼킨 건지

j야 네가 남기고 간 향기가 나를 달래고
네가 남겼다는 사실에 또다시 씁쓸해지는 밤이야

봄 내음도 슬며시 속삭여오고
괜히 네가 돌아오기만 하면 다 풀릴 거 같은 날

차마 너를 닦아내지 못하고
새봄이 오길 오늘도 기다리는 중이야
딸기 케이크를 먹는 계절에 머무르며

이제 남은 할 일은
미련 없이 너를 천천히 잊어가는 거

조금의 그리움을 담아

횡설수설하며 뒤늦게 좋아했다고
진심이 아니라 모두 거짓말한 거라고
사과를 전해보는 나에게

괜찮다고 했던 너의 한마디가 그저 나를 위해서가 아
닌 순수한 진심이었길 간절히 바라고 또 빌며
이 편지를 마칠게

Valentine. Eve. 2024

포레스트 웨일 공동 작가

바다에서 편지를 쓰다

초판 1쇄 발행 2024년 7월 03일
초판 1쇄 인쇄 2024년 7월 03일

지은이   노호영 | 꿈꾸는 쟁이 | 이상협 | 신디 | 정예은 | 김채림(수풀)
          김두필 | 김성범 | 최윤호 | 악당마녀 | 은산은 | 김채영 | 검정양말
          해류 | 손아정 | 이응이응미음 | 김혜연 | 희열 | 미소 | 사랑의 빛
          정현우 | 노기연 | 최현정 | 수아 | 윤현정 | 김유진 | 김유리
          박수민(Mellamo) | 이아진 | 지또 | 한라노 | 오지윤

디자인   포레스트 웨일
펴낸이   포레스트 웨일
펴낸곳   포레스트 웨일
출판등록   제2021-000014 호
주소   충남 아산시 아산로 103-17
전자우편   forestwhalepublish@naver.com

종이책   979-11-93963-23-4
전자책   979-11-93963-22-7

작가님들과 함께 성장하는 출판사
포레스트 웨일입니다.
작가님들의 소중한 원고를 받고 있습니다.
forestwhalepublish@naver.com